ぐうたら魔女ホーライまた来た！

作 柏葉幸子　絵 長田恵子

JN207283

もくじ

私《わたし》は室井《むろい》サヤ。
「ヤマネ姫《ひめ》」という秘密《ひみつ》の名前も持《も》つ小学生だ。
私《わたし》にはホーライという魔女《まじょ》の相棒《あいぼう》がいる。
ホーライは、おとぎ話のような不思議《ふしぎ》な世界《せかい》に住《す》んでいて、
ときどきこちらの世界《せかい》にやってくる。
ぼってり太ったおばさんで、いいかげんで、
魔法《まほう》の腕《うで》もよくなくて、なまけもので、くいしんぼで、
おくびょうで、その上、こまるとすぐ私《わたし》をたよる。
ホーライにはいつもハラハラさせられるのに、
断《ことわ》ろうと思ったことはない。どうにも憎《にく》めない。
それに、私《わたし》はホーライの世界《せかい》が大好《だいす》きだ。
不思議《ふしぎ》があふれかえるあの世界《せかい》を知ったら、
面白《おもしろ》くて面白《おもしろ》くてたまらないのだ。

1

呼《よ》び出し

「ヤマネ姫《ひめ》、ヤマネ姫《ひめ》」

学校からの帰り道、萌《もえ》ちゃんやあきえちゃんと、

「また明日ね！」

と手をふってわかれたとたん、ささやくような声がする。

『ヤマネ姫《ひめ》』と呼《よ》ぶからには、ホーライの世界《せかい》の誰《だれ》かが呼《よ》んでいるにきまっている。

「亀田《かめだ》さん？」

私《わたし》は、あたりをみまわした。

この声は、ホーライの世界《せかい》からこの世界《せかい》に来てかくれて暮《く》らしている亀田《かめだ》さんだ。となり町にあるカエル王子の別荘《べっそう》の執事《しつじ》だ。

「はい、ここでございます」

目の前のコンビニの駐車場《ちゅうしゃじょう》の車の後ろから亀田《かめだ》さんのぎょろぎょろした目がのぞいた。

「どうしたの？　かくれてるの？」

亀田《かめだ》さんに近よった。亀田《かめだ》さんは、駐車場《ちゅうしゃじょう》の壁《かべ》と車の間で小さくなっている。

「はい。このあたりは大丈夫《だいじょうぶ》かとぞんじますが、いちぼんに見つかると面倒《めんどう》ですので――」

そうかと私《わたし》はうなずいた。

ついこの間の春休みに大騒動《おおそうどう》があった。私《わたし》の秘密《ひみつ》の名前の由来《ゆらい》になった本物《ほんもの》のヤマネ姫《ひめ》を探《さが》すために、私《わたし》はホーライとカエル王子の別荘《べっそう》に出入りすることになった。無事《ぶじ》探《さが》しだせたのだが、その時、こちらの世界《せかい》の人間何人かに、ホーライたちの世界《せかい》があることを知られてしまった。その中の一人が「いちぼん」こと、となりのクラスの佐山一《さやまはじめ》だった。

不思議《ふしぎ》な世界《せかい》のことは絶対《ぜったい》に秘密《ひみつ》だ。ホーライは、その場にいたみんなに、不思議《ふしぎ》な世界《せかい》を忘《わす》れさせる魔法《まほう》をかけた。私《わたし》にも——。あの時はそうするしかなかった。私《わたし》は、ホーライを、おもしろくてたまらない不思議《ふしぎ》な世界《せかい》を、忘《わす》れるのだと覚悟《かくご》した。しかも忘《わす》れた人間に、ホーライは二度《にど》とかかわれなくなるという。悲《かな》しかった。すごく悲《かな》しかった。でも、魔法《まほう》がかけられたのに私《わたし》は忘《わす》れなかった。ホーライの魔法《まほう》が失敗《しっぱい》だったのかと疑《うたが》ったが、そうではないらしい。私《わたし》には不思議《ふしぎ》な世界《せかい》を信《しん》じる力があるからだとホーライは言った。

他《ほか》の人間たちには忘《わす》れさせる魔法《まほう》はかかったのだと思う。でも、佐山《さやま》一だけは、学校で私《わたし》を見かけると、いつも何か言いたそうな顔をする。なんだっけ？……と何か思い出しそうなようすを見ると、私《わたし》はどきどきしてしまうのだ。

「いちぼんは、やはり別荘《べっそう》が気になるようで、まわりをうろつくこともあるのです。ヤマネ姫《ひめ》といっしょのところなど見られましたら、記憶《きおく》がもどるのではないかと——」

亀田《かめだ》さんは、困《こま》ったと太い眉《まゆ》をよせた。佐山《さやま》一の家はカエル王子の別荘《べっそう》のすぐ前にある。

不思議《ふしぎ》な世界《せかい》のことは誰《だれ》にも秘密《ひみつ》だ。それがホーライや亀田《かめだ》さんを守《まも》ることだと私《わたし》は信《しん》じている。

「私《わたし》も、亀田《かめだ》さんのとこへ遊《あそ》びに行きたいと思っても、がまんしてるんだよ」

カエル王子の別荘《べっそう》は、亀田《かめだ》さんが手入れをかかさない花壇《かだん》の真《ま》ん中にたつ大きな温室《おんしつ》だ。細い道の奥《おく》、塀《へい》に囲《かこ》まれた庭《にわ》の中にある。色とりどりの花が咲《さ》き乱《みだ》れ、いい香《かお》りでいっぱいで、亀田《かめだ》さんは料理《りょうり》上手ときている。私《わたし》は毎日だって遊《あそ》びに行きたい。

私《わたし》と亀田《かめだ》さんは、同時にため息《いき》をついた。

「ああ、それでどうして、こんな所《ところ》でまちぶせしてたの？」

つい声をひくめた。

「ホーライ様《さま》が、昨晩《さくばん》遅《おそ》く別荘《べっそう》へいらっしゃったのです」

亀田《かめだ》さんは声をひそめる。なのに、

「エーッ！」

と私《わたし》の声が高まった。

今は四月。春休みの三月に会ったばかりだ。なのに、どうしてまた来たんだ？　何かあったのか？　と聞きたいのに、

「シーッ！」

と、亀田《かめだ》さんが人差指《ひとさしゆび》を口の前にたてた。

「ヤマネ姫《ひめ》を呼《よ》んでくれと頼《たの》まれました。面倒《めんどう》なのはいちぼんでございます。幸《さいわ》い水曜日の今日は習《なら》い事《ごと》へでかけるようですので、三時半に別荘《べっそう》へいらしてくださいませ」

亀田《かめだ》さんはそう言うと、こそこそと後ろの塀《へい》にはりつくように帰っていく。何かあったらしいと心配《しんぱい》になるが、ホーライに会えると思うと自然《しぜん》にほほがゆるんでくる。私《わたし》はホーライが好《す》きなんだと、ぴょんととびあがっていた。

雨が降《ふ》りそうだ。ポツンとたまに雨粒《あまつぶ》が落《お》ちてくる。いつもなら傘《かさ》などささない程度《ていど》だけど、傘《かさ》をまぶかにかぶって、いちぼんの家の前を速足《はやあし》で歩く。もし、いちぼんに見られたとしても顔は傘《かさ》でかくれている。こそこそと、早く開《あ》けてくれ！　と思いながら別荘《べっそう》の門ブザーを押《お》した。私《わたし》たちが出入りするようになってから亀田《かめだ》さんが、ブザーをつけたのだ。

携帯《けいたい》電話を持《も》ってはいるが、制限《せいげん》がかかっている。亀田《かめだ》さんと電話連絡《れんらく》はできそうもない。ホーライは魔女《まじょ》なのだから、連絡《れんらく》をとる魔法《まほう》を使《つか》えないのだろうか。これでは亀田《かめだ》さんがいつまでも伝書《でんしょ》バトがわりをしなければいけない。

ホーライに伝書《でんしょ》バトの魔法《まほう》をさがさせようと考えていたら、ドアがあいた。

温室《おんしつ》から走ってきた亀田《かめだ》さんはエプロンをしている。

「ああ、食べてるんだ――」

亀田《かめだ》さんは料理《りょうり》上手だ。ホーライは亀田《かめだ》さんにねだって何か料理《りょうり》してもらっているらしい。

「はい。ヤマネ姫《ひめ》と連絡《れんらく》がついたとお知らせしましたら、安心《あんしん》なさったようで、やけ食いの最中《さいちゅう》なのです」

「やけ食い！」

いったい何があったのだろう。

花壇《かだん》は色とりどりのチューリップを中心に春の花が咲《さ》きみだれている。雨があたって花々《はなばな》がつやつやとしている。その真《ま》ん中《なか》にある温室《おんしつ》がカエル王子の別《べっ》荘《そう》だ。といっても、ふだんいるのは執事《しつじ》の亀田《かめだ》さんだけだ。

温室《おんしつ》へ入ったとたん、

「ヤマネ姫《ひめ》！」

と、口のまわりにあんこをつけて、串団子《くしだんご》をにぎったままのホーライが飛《と》びついてきた。

「ホーライ、どうしたの？」

「それがさ、ああ、とにかく、おすわりよ。亀田《かめだ》さん、次《つぎ》はチョコレート・パフェがいいねぇ。ヤマネ姫《ひめ》も食べるだろ？」

と、食堂《しょくどう》のテーブルへつれていく。

テーブルの上はパンケーキやメロンソーダ、フライドチキンやハンバーガー。おせんべやどらやきや豆大福《まめだいふく》、シュークリームやショートケーキが、とにかく、たくさんのっていた。

「弓月《ゆみづき》の城《しろ》の王様《おうさま》に、また帰ってくるなっていわれたんだよ。さっきまで、何

も食べられなかったんだから」

ホーライは、串団子《くしだんご》をにぎったまま、となりにすわった私《わたし》にだきついて泣《な》きだした。私《わたし》が来るとわかってやっと食欲《しょくよく》が出たらしい。

「もう、泣《な》いてたらわからないよ」

ホーライの分厚《ぶあつ》い肩《かた》をなぜてやると、子どものようにうんうんと涙《なみだ》をぬぐったホーライは、

「ほら私《わたし》が、行方不明《ゆくえふめい》になっていた本物姫《ほんものひめ》を無事《ぶじ》連《つ》れ帰《かえ》ったろう」

春休みにホーライは、私《わたし》のもう一つの名前の由来《ゆらい》になった本物《ほんもの》のヤマネ姫《ひめ》を探《さが》しあて、無事不思議《ぶじふしぎ》な世界《せかい》へ連《つ》れ戻《もど》した。私《わたし》や亀田《かめだ》さんや佐山《さやま》一も手伝《てつだ》ってだ。

「それがまわり中に知れわたっちまったんだよ」

ホーライがうなだれる。

「あ、わかった。腕《うで》のいい魔女《まじょ》だと思われて、何か引きうけさせられた？」

前にも同じような事《こと》があった。前にも、引きうけた問題《もんだい》を解決《かいけつ》するまで帰ってくるな！　と王様《おうさま》にいわれていた。

「ああ。王様《おうさま》に、断《ことわ》ってくれって頼《たの》んだんだけど、金貨《きんか》に目がくらんだ王様《おうさま》が、うちの魔女《まじょ》には朝めし前とか言っちゃって」

ホーライは、グズッと鼻《はな》をすすりあげる。

不思議《ふしぎ》な世界《せかい》で、腕《うで》のいい魔女《まじょ》は独立《どくりつ》した屋敷《やしき》を持《も》つが、ホーライは弓月《ゆみづき》の城《しろ》に住《す》まわせてもらっている居候《いそうろう》の城付《しろづ》き魔女《まじょ》だ。弓月《ゆみづき》の国は貧《まず》しい。

「お金、ないの？」

「ああ。王様《おうさま》が他《ほか》の国に負《ま》けないようにって見栄《みえ》ばっかりはるからさー――」

ホーライは、ああ、腹《はら》がたつ！　と串団子《くしだんご》をくいちぎる。

「出稼《でかせ》ぎって感《かん》じかぁ」

私《わたし》がつぶやくと、それを聞いていた亀田《かめだ》さんが、なるほどとうなずいた。

「ホーライ様《さま》が城付《しろづ》きの魔女《まじょ》でいるかぎり、王様《おうさま》のご命令《めいれい》にはしたがわなければばいけませんでしょうね。ホーライ様《さま》は、お城《しろ》の金貨《きんか》のために、こっちの世界《せかい》でお働《はたら》きになるわけでございますね。いつぞやテレビで見た、親のために奉公《ほうこう》に出されるけなげな少女のようで――」

亀田《かめだ》さんは、大きな目に涙《なみだ》をためそうになった。でも、お団子《だんご》をのどにつまらせそうになっているホーライを見て、いやいやというように首をふって言葉《ことば》をとぎらせた。とてもけなげな少女とは言えないと思ったのだろう。

「お茶！　亀田《かめだ》さん、お茶！」

ホーライが自分の胸《むね》をたたきだした。

「はい、おまちくださいませ。ああ、また、忙《いそが》しい日々《ひび》がはじまりますです」

亀田《かめだ》さんは、ぐちを言いながら台所《だいどころ》へとんでいった。

2

ミッション

「それで、何をしろっていわれてきたの？」

「あ、うん」

お団子《だんご》を、お茶なしでなんとか飲《の》みこんだホーライは、

「墓場《はかば》の城《しろ》の王様《おうさま》に幽霊《ゆうれい》をつれてきて欲《ほ》しいっていわれたんだよ」

と顔をしかめた。

私《わたし》はもっと顔をしかめた。

「えっ、今、幽霊《ゆうれい》っていった？」

「言ったよ。幽霊《ゆうれい》をつれに来たのさ」

「どうして？　何で？　幽霊《ゆうれい》が要《い》るわけ？」

私《わたし》には、何が何やらわからない。

「墓場《はかば》の城《しろ》が、貸《か》しだせる幽霊《ゆうれい》を探《さが》してるんだ

よ」

「幽霊《ゆうれい》って貸《か》しだされるの？　貸《か》しだされて何するわけ？」

「仕事《しごと》に決《き》まってるだろ。貸《か》しだされる先は城《しろ》とか大きなお屋敷《やしき》が多いかねぇ」

私《わたし》は、働《はたら》く幽霊《ゆうれい》というものを精《せい》いっぱい想像《そうぞう》した。

「わかった！　幽霊屋敷《ゆうれいやしき》とか幽霊城《ゆうれいじょう》の観光名所《かんこうめいしょ》にするんでしょ」

「幽霊《ゆうれい》がいたって観光名所《かんこうめいしょ》になんてなんないよ。めずらしくもないしさ」

ホーライは肩《かた》をすくめる。

「めずらしくないの?!　それじゃ、弓月《ゆみづき》の城《しろ》にも貸《か》しだされた幽霊《ゆうれい》がいるの？」

今度《こんど》行った時に会ってみようと思い、私《わたし》は、弓月《ゆみづき》の城《しろ》を親戚《しんせき》の家みたいにあつかっている、これでいいのだろうかと少し不安《ふあん》になった。でも、ホーライの相棒《あいぼう》だものいいよね、と思いなおした。

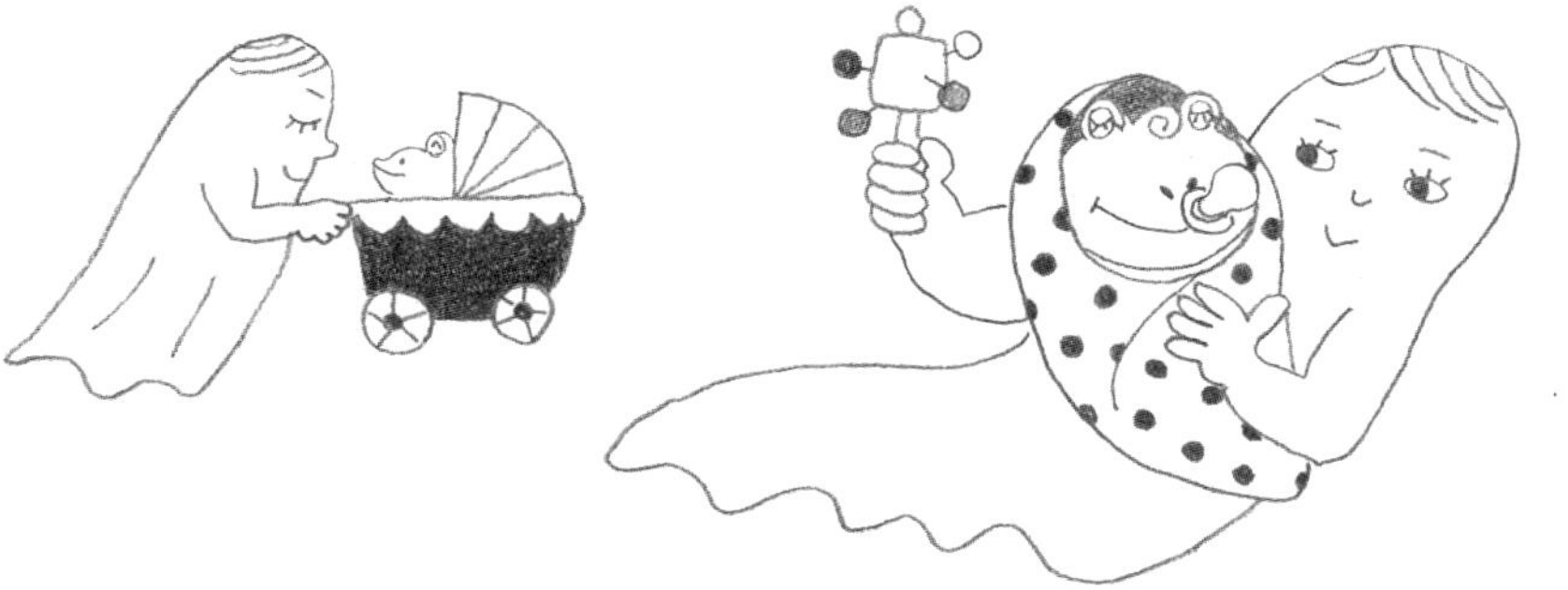

「弓月《ゆみづき》の城《しろ》に幽霊《ゆうれい》はいないよ。見栄《みえ》っぱりの王様《おうさま》は城付《しろづ》きの幽霊《ゆうれい》が欲《ほ》しいだろうけど、今、赤《あか》ん坊《ぼう》はいないないしさ」

ホーライは意地悪《いじわる》くヒヒッと笑《わら》う。

「赤《あか》ん坊《ぼう》？　幽霊《ゆうれい》とどう関係《かんけい》するの？」

「幽霊《ゆうれい》はベビーシッターとしてやとわれるのでございますよ。幽霊《ゆうれい》は幽霊《ゆうれい》になるまでの経験《けいけん》が豊富《ほうふ》でございますから、どんな赤《あか》ん坊《ぼう》も上手に育《そだ》てると言われております。幽霊《ゆうれい》は優《やさ》しいですし、辛抱《しんぼう》強いのでございます。夜泣《よな》きなどさせません。幽霊育《ゆうれいそだ》ちといいまして、幽霊《ゆうれい》に育《そだ》てられたお子様《さま》は健康《けんこう》で穏《おだ》やかで賢《かしこ》いと言われております」

亀田《かめだ》さんは、

「ちなみに、うちの主人《しゅじん》も幽霊育《ゆうれいそだ》ちでございます」

と自慢《じまん》げにつけたした。

「ふーん。カエルの王子様《さま》だもんね」

なにやらステイタスみたいなものらしい。

「はい。大きな豊《ゆた》かな城《しろ》では、たいてい、お子様《こさま》が生まれると幽霊《ゆうれい》をやとうのでございます。きっと主人《しゅじん》とオコジョ姫《ひめ》がご結婚《けっこん》されてお子ができますれば、主人《しゅじん》も墓場《はかば》の城《しろ》に幽霊《ゆうれい》を頼《たの》むと思いますです」

亀田《かめだ》さんは、その時のことを思ってかうれしそうにほほえんだ。


「ふーん。墓場《はかば》の城《しろ》に幽霊《ゆうれい》のベビーシッターを頼《たの》むわけね」

そこまでは、納得《なっとく》したと私《わたし》はうなずいた。

「正式《せいしき》な名前は黄泉《よみ》の城《しろ》っていうんだ。でも誰《だれ》もそう呼《よ》びはしないよ。墓場《はかば》の城《しろ》ですませてる」

ホーライが言いかけたところで、

「墓場《はかば》にお城《しろ》があるの？」

私《わたし》がおずおずと聞いた。

「そうだよ。でも、あそこは城《しろ》っていうのかねぇ？」

ホーライが首をかしげる。

「はい。あそこは霊廟《れいびょう》といいますか、こちらの世界《せかい》ではピラミッドと呼《よ》ぶものに近いかとぞんじます」

と、お茶をはこんできた亀田《かめだ》さんが教えてくれる。

「ああ。ピラミッドか。あれもお墓《はか》なんだね」

私《わたし》は、そうかとうなずいて、

「えー、亀田《かめだ》さん知ってるの？」

と目をむいてしまった。

「はい。主人《しゅじん》がこちらの世界《せかい》に来た時に、エジプトにお供《とも》させていただいて、ピラミッドを見てまいりました」

亀田《かめだ》さんがうなずく。

亀田《かめだ》さんの主人《しゅじん》のカエル王子は、冒険家《ぼうけんか》で小説家《しょうせつか》だ。旅行家《りょこうか》でもある。

「ううん。ピラミッドじゃなくて、墓場《はかば》の城《しろ》のことを教えて」

私《わたし》がこわごわ聞くのに、亀田《かめだ》さんはもちろんとうなずく。

「はい。あそこはわたくしどもの世界《せかい》でも、めずらしい所《ところ》と申《もう》しますか、なにしろ、黄泉《よみ》の国でございますから。幽霊《ゆうれい》たちの国でございますよ」

亀田《かめだ》さんが、幽霊《ゆうれい》のまねらしく両手《りょうて》をたらしてみせた。

「やだぁ！」

と身《み》をのけぞらせたのは私《わたし》で、

「何やってんのさ。おトイレで手を洗《あら》ったのにハンカチがなかったみたいじゃないか」

とホーライは笑《わら》っている。

「ホーライ様《さま》、この日本では幽霊《ゆうれい》はこんなかっこうと決《き》まっているのでございます」

亀田《かめだ》さんは真面目《まじめ》な顔だ。

「ほんとに幽霊《ゆうれい》たちの国なの？」

私《わたし》には笑《わら》いごとではない。

「そうだよ。透明《とうめい》なゼリーっていうか、ガラスのやわいのっていうか、そんなのが宙《ちゅう》に浮《う》いてんだ。うじゃうじゃ飛《と》びまわりながら小さな声でささやくわけさ。うっとうしいったら」

ホーライは、うっとうしいですませてしまった。

「ゼリーみたいなの？　ささやくの？　うらめしや〜って言うの？」

「さあね。うらめしやって何だい？　裏通《うらどお》りの食堂《しょくどう》のことかね？」

「ちがうって。恨《うら》んでるってことだと思う」

「恨《うら》みねぇ。何を恨《うら》むんだい？」

ホーライは首をかしげる。

「生きている人のことを恨《うら》むんだと思うよ。怖《こわ》いんだよ」

私《わたし》は、幽霊《ゆうれい》が出てくるホラー映画《えいが》を思い出していた。お母さんといっしょに見たけど、怖《こわ》くて、その夜はお母さんといっしょに寝《ね》た。

「声が小さいだけで、この世界《せかい》でいう幽霊《ゆうれい》のように陰気《いんき》な感《かん》じではございませんですね」

亀田《かめだ》さんも口をだす。

私《わたし》の思う幽霊《ゆうれい》とは、どこかちがうらしい。

「そ、そりゃ、ホーライや亀田《かめだ》さんの世界《せかい》は、動物《どうぶつ》が話したり、魔女《まじょ》がいたり、カエルが人間になれたりする世界《せかい》だけど——」

私《わたし》は、そこまで言って、そうか、あの世界《せかい》なら幽霊《ゆうれい》たちがうじゃうじゃいる国もあるのかもしれないと、ごくりとつばをのみこんだ。

「そ、それじゃ、幽霊《ゆうれい》たちの国があって、お城《しろ》があって、幽霊《ゆうれい》の王様《おうさま》がいるんだ」

ホーライと亀田《かめだ》さんが、うなずく。

「その墓場《はかば》の城《しろ》の王様《おうさま》が弓月《ゆみづき》の城《しろ》の王様《おうさま》に金貨《きんか》を荷馬車《にばしゃ》で送《おく》りつけてきたわけさ」

ホーライが肩《かた》をおとした。

「荷馬車《にばしゃ》で！　墓場《はかば》の城《しろ》ってお金《かね》持《も》ちなんだ。ああ、幽霊《ゆうれい》たちは働《はたら》いてるんだもんね。人材派遣会社《じんざいはけん》、ううん幽霊派遣会社《ゆうれいはけん》だね」

そこまではわかったと思う。私《わたし》は大きくうなずいた。

「墓場《はかば》の城《しろ》にはたくさん幽霊《ゆうれい》がいるのに、王様《おうさま》はお金を出してまで、ホーライに幽霊《ゆうれい》を連《つ》れて来いって頼《たの》んだわけよね。どこから？」

私《わたし》は、そこからがわからないとホーライを見た。

ホーライは、ウィンナー・ソーセージみたいな人差指《ひとさしゆび》で床《ゆか》を指《ゆび》さす。

「ここ？」

「ああ、この世界《せかい》から幽霊《ゆうれい》を連《つ》れて来いってさ！」

「こっちの世界《せかい》の幽霊《ゆうれい》をホーライの世界《せかい》にってこと？」

ホーライがうなずく。

「どうして？」

「なにやら、難《むずか》しい赤《あか》ん坊《ぼう》らしいんだよ。貸《か》し出《だ》された幽霊《ゆうれい》たちがつぎつぎと逃《に》げかえってくるんだと。墓場《はかば》の城《しろ》の威信《いしん》にかかわるんだとさ」

「面目《めんぼく》をなくすといいますか、信頼《しんらい》を失《うしな》うといいますか」

亀田《かめだ》さんが私《わたし》にもわかるようにつけたしてくれる。

私《わたし》は、幽霊《ゆうれい》たちが仕事《しごと》を放《ほう》りだして逃《に》げかえって来るので、墓場《はかば》の城《しろ》の王様《おうさま》は困《こま》っているのだと理解《りかい》することにした。

「そっちの幽霊《ゆうれい》では役《やく》にたたないから、こっちの幽霊《ゆうれい》を連《つ》れて来いってこと？」

「そう」

ホーライが大きくうなずく。

「そうって。この世界《せかい》に幽霊《ゆうれい》なんていないよ」

「いんだろ。こういうのが。お墓《はか》だってあるんだろ」

ホーライが、亀田《かめだ》さんがしたように両手《りょうて》をたらしてみせる。

「そんな格好《かっこう》だって言われているだけで、見たことないし——いないと思う」

私《わたし》は首をふった。

「見たことないのかい？」

ホーライの大きな目がきょときょとと私《わたし》と亀田《かめだ》さんを見くらべる。

「はい。わたくしもこっちの世界《せかい》で暮《く》らして、なごーございますが、テレビや映画《えいが》の中でしか幽霊《ゆうれい》を見たことはございません」

亀田《かめだ》さんもいないだろうと首をふる。

「いるだろ！」

ホーライは、まさか！　と横目《よこめ》で私《わたし》と亀田《かめだ》さんをにらむ。

「いないって！」

私《わたし》と亀田《かめだ》さんがうなずきあう。

「だって、幽霊《ゆうれい》っていう言葉《ことば》があって、こんな格好《かっこう》だってわかってて、うらめしやって言うんだろ。ってことは、いるってことだろ」

ホーライは、当たり前のことじゃないかとお茶をごくりとのみほす。

「だから、お話や絵の中で、そんなふうだろうって想像《そうぞう》しているだけなんだってば」

「想像《そうぞう》だけじゃないだろ。ヤマネ姫《ひめ》や亀田《かめだ》さんが見たことないだけで、見たことある人だっているはずだ」

ホーライは、そうだろと、私《わたし》を見る。

「そ、そりゃ、幽霊《ゆうれい》を見たっていう人は、いたりするけど――」

どう思うと私《わたし》は亀田《かめだ》さんを見た。

「は、はい。よくテレビとかで――。でも、結局《けっきょく》、気のせいだろうということに――」

亀田《かめだ》さんも、自信《じしん》なげに声が小さくなる。

「やだねぇ。亀田《かめだ》さんったら。こっちの世界《せかい》にあまり長くいすぎて幽霊《ゆうれい》がいることを忘《わす》れちまったんじゃないかい」

ホーライに鼻《はな》で笑《わら》われて、亀田《かめだ》さんは、そうだろうか？　と宙《ちゅう》をにらむ。

「見えないだけで、こっちの世界《せかい》にだって幽霊《ゆうれい》はいるに決《き》まってるよ。ヤマネ姫《ひめ》、自分は見たことないから、幽霊《ゆうれい》なんていないって決《き》めつけるのはおかしいだろ。確《たし》かめてみたのかい？」

ホーライは自信満々《じしんまんまん》だ。

「確《たし》かめたわけじゃないけど――」

反対《はんたい》に私《わたし》の自信《じしん》はぐらついてくる。

「そうでございますね。日本の幽霊《ゆうれい》は足がございませんが、西洋《せいよう》の幽霊《ゆうれい》は足がございますね。この世界《せかい》いたるところに形はちがいますが幽霊《ゆうれい》の噂《うわさ》といいますか影《かげ》はございます」

亀田《かめだ》さんも、ホーライの意見《いけん》の方へよっていく。

「本物《ほんもの》がいるから影《かげ》があるんだろ」

「火がないところに煙《けむり》はたたないと申《もう》しますし」

とうとう亀田《かめだ》さんはホーライとうなずきあってしまった。

私《わたし》は、この世界《せかい》に幽霊《ゆうれい》はいないと思う。でも、『自分が見たことがないから、幽霊《ゆうれい》はいないって思うのはおかしいだろ？』と言うホーライは正しい。私《わたし》が自分の目で見たことがなくとも、実在《じつざい》するものはあるかもしれない。

「わかった！　いるかいないか確《たし》かめよう」

私《わたし》は、うんとうなずいた。

「いたらつかまえるんだよ！」

ホーライはうれしそうに私《わたし》の肩《かた》をパンとたたいた。

3
幽霊捕獲大作戦《ゆうれいほかくだいさくせん》

「生《い》け捕《ど》りだねぇ」

ホーライが腕《うで》まくりをする。私《わたし》は、幽霊《ゆうれい》を生《い》け捕《ど》りするって、どこかおかしくないか？　と首をかしげた。亀田《かめだ》さんは、ため息《いき》をついていた。

「どこを探《さが》したらいいの？」

私《わたし》は、つかまえる前に探《さが》さなきゃと思う。

「墓場《はかば》だろ。墓場《はかば》に幽霊《ゆうれい》はつきものじゃないか？」

ホーライがねぇと亀田《かめだ》さんを見る。

「そうでございますねぇ」

亀田《かめだ》さんが、どこの墓場《はかば》にでも幽霊《ゆうれい》がいるものだろうかとうなっている。

「心霊《しんれい》スポットとかいうのを調《しら》べる？」

クラスの男の子たちが、心霊《しんれい》スポットがこの町にもあると盛《も》りあがっていたことがある。

「なんとかポケットって、そりゃなんだい?」

「心霊《しんれい》スポット。幽霊《ゆうれい》が出るとか、不思議《ふしぎ》な怖《こわ》いことがおこる場所《ばしょ》ってこと」

「ほーら、やっぱりこの世界《せかい》にだって幽霊《ゆうれい》はいないんだよ」

ホーライは、ソファにふんぞりかえってしまった。

亀田《かめだ》さんは、もう携帯《けいたい》で検索《けんさく》をかけていた。

「これでございますかねぇ。お寺にある古井戸《ふるいど》でございます。そのあたりから桜並木《さくらなみき》の写真《しゃしん》を撮《と》る人が、夜には何かにじゃまされて撮影《さつえい》できなくなるそうでございます。お寺の山門へ上る石段《いしだん》からころがりおちたりすることもあるとか。井戸《いど》にいる幽霊《ゆうれい》のたたりだと言われております」

私《わたし》の住《す》む町は桜並木《さくらなみき》で有名《ゆうめい》だ。今は散《ち》ってしまったが、満開《まんかい》の頃《ころ》は夜桜見物《よざくらけんぶつ》の観光客《かんこうきゃく》もいる。その並木《なみき》を見下ろす小高い丘《おか》のお寺に古井戸《ふるいど》があるらしい。

「お寺？　それじゃ墓場《はかば》？」

「やっぱり墓場《はかば》じゃないか！」

私《わたし》が「えー」と目を丸くし、ホーライが「ほーら」とうなずいた。

「あのお寺はたしか祥雲寺《しょううんじ》でございます」

亀田《かめだ》さんはお寺の名前を知っていた。

「幽霊《ゆうれい》はいんだよ。楽勝《らくしょう》だね！」

ホーライは、幽霊《ゆうれい》をつかまえたも同然《どうぜん》と顔中で笑《わら》う。

「ええっ、幽霊《ゆうれい》だとしたら、まず、いっしょに来てくださいって頼《たの》まなきゃ」

それが礼儀《れいぎ》だろうと、私《わたし》はホーライをにらんだ。失礼《しつれい》なことをして怒《おこ》らせて、たたられたら怖《こわ》い。

「わかったよ。一応《いちおう》頼《たの》んでみて、反応《はんのう》がなかったらつかまえる」

ホーライは、不満《ふまん》気《げ》にほほをぷっとふくらませた。頼《たの》むのが面倒《めんどう》くさいだけだ。

「でも、つかまえるって、どうやって？　幽霊《ゆうれい》って見えないんでしょ」

「墓場《はかば》の城《しろ》の幽霊《ゆうれい》たちは見えるよ。透明《とうめい》なガラスコップみたいなもんだ」

ホーライが、透明《とうめい》でもあるってわかるだろと、からになったメロンソーダのグラスを指《ゆび》さす。

「わたくしたちの世界《せかい》の幽霊《ゆうれい》とまったく同じではございませんでしょう。もし墓場《はかば》の城《しろ》の幽霊《ゆうれい》たちと同じでしたら、古井戸《ふるいど》の幽霊《ゆうれい》は男の幽霊《ゆうれい》だとか女の幽霊《ゆうれい》で髪《かみ》が長かったとかぐらいはわかるはずでございます」

亀田《かめだ》さんは、見えないのでは——と、眉《まゆ》をよせる。

「こっちの幽霊《ゆうれい》は見えないってことかい？」

ホーライは、こまったねぇと舌《した》うちをする。

「見えないものがふわふわただよってるってこと？」

私《わたし》は宙《ちゅう》をにらんだ。

「ねぇ、幽霊《ゆうれい》をつかまえる魔法《まほう》ってないの？」

無理《むり》だろうと思いながらも一応《いちおう》、ホーライに聞いてみる。

「そんな魔法《まほう》があるわけないだろ！」

やっぱりホーライは勢《いきお》いよく首をふった。

魔女《まじょ》がいるのに役《やく》にたたないったらない。

「でも、夜に写真《しゃしん》を撮《と》ろうとすると、じゃまするんでしょ。ふわふわだけじゃなくて、じゃましにくるんだよ」

一つ一つ条件《じょうけん》を口に出してみればなんとかなるかもしれなかった。

「そこをつかまえたらいい！」

私《わたし》とホーライの声がそろった。

「手づかみでございますか？」

幽霊《ゆうれい》を手でつかまえるのかと、亀田《かめだ》さんが自分の両手《りょうて》を見る。

「私《わたし》、自信《じしん》ない」

私《わたし》はうなだれた。

去年《きょねん》、家族《かぞく》で鮭《さけ》のつかみ取《ど》りイベントに参加《さんか》した。ずぶぬれになったのに我《わ》が家《や》は一匹《いっぴき》もつかめなかった。見えていてもつかめなかった。見えないものをつかまえられっこない。それより、幽霊《ゆうれい》を自分の手でつかまえるなんて考えたことがなかった。できるだろうか？　やっぱりできなそうだ。ますますうなだれてしまったが、

「わたくしも、素手《すで》では難《むずか》しそうでございます」

と亀田《かめだ》さんが言うのでほっとした。

「網《あみ》ですくいましょうか？　虫とり網《あみ》も魚をとる網《あみ》も主人《しゅじん》が使《つか》ったものがございます」

亀田《かめだ》さんが押《お》し入《い》れを指《ゆび》さす。カエル王子は冒険家《ぼうけんか》だ。いろいろと持《も》っているのだろう。

「だめだよ。幽霊《ゆうれい》ってせまいすきまからも、ヒュードロドロって入ってくるんじゃなかった？　きっと網《あみ》のすきまから逃《に》げちゃうよ」

亀田《かめだ》さんも、こちらの幽霊《ゆうれい》のイメージはそうですねぇとこきざみにうなずく。

私《わたし》と亀田《かめだ》さんが一生懸命《いっしょうけんめい》に考えているのに、ホーライはテーブルの上のおやつに手をのばしかけて、

「亀田《かめだ》さん、ハエがいるんじゃないかい?」

と宙《ちゅう》をにらんだ。

「とんでもございません。主人《しゅじん》がオコジョ姫様《ひめさま》に結婚《けっこん》をもうしこまれてからは、いくら主人の大好物《だいこうぶつ》とはいえ、ハエ一匹《いっぴき》ちかづけておりません」

カエル王子の別荘《べっそう》に、ハエはいないと亀田《かめだ》さんが断言《だんげん》する。

「そうかい。虫ってやつは、いなそうにしているからね。弓月《ゆみづき》の城《しろ》のチビ王子が眠《ねむ》っていて蚊《か》にさされてねぇ。見えないんだよ。でも蚊《か》はいるわけさ。それで私《わたし》が退治《たいじ》してやったわけ」

もう、蚊《か》の話じゃなくて幽霊《ゆうれい》を——と、口まで出かけて、

「どうやって見えない蚊《か》をつかまえたの?」

と、これはハエじゃなかったと豆大福《まめだいふく》の豆《まめ》をつついているホーライを見た。

「ああ、動《うご》きまわるものを吸《す》いこむように、壺《つぼ》に魔法《まほう》をかけてやったのさ。チビ王子の部屋《へや》へ置《お》いてヒュと一発《いっぱつ》だったね。やっぱりいたよ。壺《つぼ》をふったら五匹《ひき》も出てきた」

ホーライは豆大福《まめだいふく》をほおばったところだ。

「それよ！」

私《わたし》はこぶしをふりあげて叫《さけ》んでしまった。

「ウ、グッ！」

ホーライがうめく。大変《たいへん》だ！　大福《だいふく》を喉《のど》につまらせた。私《わたし》はホーライの背中《せなか》をたたき、亀田《かめだ》さんがあわてて水をもってきた。

「ヤマネ姫《ひめ》、驚《おどろ》かさないでおくれよ。死《し》ぬかとおもったよ」

ホーライが水と豆大福《まめだいふく》をやっと飲《の》み込《こ》んで、私《わたし》をにらむ。おやつをのどにつまらせるのはこれで二度目《どめ》だ。もっと注意《ちゅうい》するように後で言おうと思うが、今

は壺《つぼ》だ！

「ごめん。でも、いい考えだと思ったんだ。見えなくとも動《うご》くものを吸《す》うんでしょ」

「はい。わたくしもそう思います。わたくしどもはじっとして動《うご》かなければいいわけでございますし」

亀田《かめだ》さんも壺《つぼ》はいいとうなずく。

「わかった。弓月《ゆみづき》の城《しろ》へ帰って壺《つぼ》をもってくるよ。ヤマネ姫《ひめ》、また夜中にシナチクで迎《むか》えに行くから寝《ね》てるんじゃないよ」

シナチクはホーライのホーキの名前だ。

本当に幽霊《ゆうれい》をつかまえられたらいい。不安《ふあん》だけれども、夜中のお出かけはわくわくする。

「待《ま》ってる。十一時すぎたらお母さんたちは寝《ね》てるから」

雨はまた小降《こぶ》りになっていたが、私《わたし》は傘《かさ》で顔をかくして、

こそこそと家へ帰った。いちばんには見られていないはずだった。

夜、私《わたし》は自分の部屋《へや》の窓《まど》の手すりをのりこえて、無事《ぶじ》にシナチクにまたがった。ホーライの大きなおしりにしがみつく。シナチクに布《ぬの》でつつんだ大きなスイカほどのものがぶらさげてある。これが吸《す》いこみ壺《つぼ》だ。

日中の雨はやんで、ずいぶん下に淡《あわ》い緑色《みどりいろ》の葉《は》をつけた桜並木《さくらなみき》が見えた。

祥雲寺《しょううんじ》の石段《いしだん》の上にある瓦屋根《かわらやね》の立派《りっぱ》な山門を飛《と》びこえて、墓地《ぼち》の前にある小さな小屋《こや》のそばにおりた。水道があり手桶《ておけ》やひしゃくを置《お》いている。その裏《うら》手《て》に古井戸《ふるいど》があった。昔《むかし》はここから水をくんだらしい。

古井戸《ふるいど》のそばに三脚《さんきゃく》をたてて亀田《かめだ》さんがカメラの準備《じゅんび》をしていた。

「満開《まんかい》の時にはここが一番の撮影《さつえい》スポットなのでございましょうね」

亀田《かめだ》さんは、レンズをのぞいてなるほどとうなずいている。古井戸《ふるいど》のわきから崖《がけ》になっている。柵《さく》がついているが、その下に川にそってうねうねと続《つづ》く桜《さくら》並木《なみき》がみおろせた。そんな観光《かんこう》ポスターをどこかで見た。ここで撮影《さつえい》したのかもしれなかった。

いつもより暖《あたた》かい日々《ひび》が続《つづ》いていたのに、雨が降《ふ》った後のせいか空気がひんやりしている。

「やっぱり、いるのかなぁ」

黒々《くろぐろ》と見えるお墓《はか》や、木のふたの朽《く》ちかけた古井戸《ふるいど》の前で、私《わたし》は、気味《きみ》が悪《わる》くてさむいぼのたった自分の二《に》の腕《うで》をこすっていた。

ホーライは古井戸《ふるいど》の前で、えっ、えっ、とせきばらいをして、うやうやしく一礼《いちれい》した。

「ええと。こんばんは。わたしゃホーライって魔女《まじょ》だよ。古井戸《ふるいど》の幽霊《ゆうれい》さんに頼《たの》みがあるんだ。ちょっと私《わたし》の世界《せかい》までいっしょに来てくれないかね」

ホーライは大真面目《おおまじめ》に声をはりあげた。幽霊《ゆうれい》に頼《たの》めと言ったのは私《わたし》だ。なのに、あまりに神妙《しんみょう》なホーライに笑《わら》い出《だ》しそうになってあわててくちびるをかんだ。

あたりは静《しず》まりかえったままだ。

「それじゃ、つかまえるとしようか！」

ホーライは壺《つぼ》をかかえて古井戸《ふるいど》のそばに立った。青と白のマーブル模様《もよう》で口が長くて栓《せん》がついている。いかにも魔法《まほう》の壺《つぼ》！　という見た目だった。これならなんでも吸《す》いこみそうだ。うまく吸《す》いこめばその後、壺《つぼ》の口から吸《す》いこんだ幽霊《ゆうれい》がヒュードロドロと出てくることになる。見たい！　私《わたし》はわくわくした。

「いいかい。私《わたし》が『今だよ！』と栓《せん》をぬくからね。そうしたら動《うご》くんじゃないよ。いっしょに壺《つぼ》に吸《す》いこまれちまう。まあ、すぐ出してやるけどさ。動《うご》くものをまきこんだ風が壺《つぼ》へ入るのはあっというまだ。息《いき》を止めててもそう苦《くる》しくはないよ」

ホーライは壺《つぼ》の栓《せん》に手をかけてあたりを見まわした。

「これからはお芝居《しばい》でございますよ」

カメラの三脚《さんきゃく》をいじりながら亀田《かめだ》さんがささやく。

「うん。苦手《にがて》だけど、やってみる」

私《わたし》も小声でこたえてから、

「ああ、やっぱりここから撮《と》る写真《しゃしん》が一番いいみたい！」

と、柵《さく》に近よって下をみおろ

しながら声をはりあげた。

「あっ、ヤマネ姫《ひめ》、気をつけて！」

亀田《かめだ》さんがカメラから目を上げた。私《わたし》が崖《がけ》に身《み》をのりだしすぎたようだ。お芝居《しばい》ではない。亀田《かめだ》さんが本気で心配《しんぱい》している。

「うん、大丈夫《だいじょうぶ》だよ」

と私《わたし》がふりむいたとたん、トトッと音がして三脚《さんきゃく》がガシャンとたおれた。

「今だよ！」

ホーライの声がひびいた。

私《わたし》はふりむいた姿勢《しせい》のまま、なんとか息《いき》を止めた。

あたりの地面《じめん》をはうように風がおこった。風は私《わたし》の足元にも吹《ふ》きつける。ヒュルヒュルと渦《うず》をまくように吹《ふ》いて小さな光る竜巻《たつまき》をつくっていく。あの中に幽霊《ゆうれい》がいるのかもしれない。トトッと音がした。何の音だったろう？　竜巻《たつまき》はヒュと音をたてて壺《つぼ》に吸《す》いこまれた。

「ヒャッホー。つかまえたよ！　大成功《だいせいこう》だ！」

壺《つぼ》に栓《せん》をしたホーライが壺《つぼ》の首をもってとびはねている。

「本当!?」

「それはようございました！」

私《わたし》と亀田《かめだ》さんは歓声《かんせい》をあげてホーライに近よった。

「ああ、たしかに中にいるともさ」

手ごたえがあるらしい。ホーライは満足気《まんぞくげ》だ。

「誰《だれ》だ！　何を騒《さわ》いでいる！」
お寺の本堂《ほんどう》の方から声がした。私《わたし》たちが叫《さけ》んだ声が聞こえたらしい。
「帰るよ！」
ホーライは壺《つぼ》の首をにぎったまま私《わたし》をシナチクに乗《の》せる。亀田《かめだ》さんもカメラを三脚《さんきゃく》ごとかかえて山門へかけだしていった。

私《わたし》は、自分の部屋《へや》の窓辺《まどべ》にこっそり降《お》ろしてもらった。

「これから向《む》こうに帰るよ。幽霊《ゆうれい》を届《とど》けたら、また来るからさ。ありがとね。おやすみ」

ホーライは、大喜《おおよろこ》びであくびをしながら帰っていった。そのあくびを見たら、私《わたし》も急《きゅう》に眠《ねむ》くなっていた。

眠《ねむ》いはずなのにベッドにもぐりこんでも、いろいろと考えてしまう。もうホーライは帰ってしまうのかと正直、面白《おもしろ》くない。今度《こんど》のホーライのミッションは思いのほか簡単《かんたん》にすんだ。それはいいのだけれど、壺《つぼ》から出てくる幽霊《ゆうれい》を見てみたかった。ホーライの言うように透明《とうめい》なゼリーみたいなものなのだろうか――。それとも、まったく見えないのだろうか。一週間後に、亀田《かめだ》さんに聞いてみよう。水曜日の他《ほか》にいちぼんの習《なら》い事《ごと》はないのだろうか？　いちぼんに見つからないようにカエル王子の別荘《べっそう》へ行く方法《ほうほう》をみつけよう。ホーライに何かに姿《すがた》を変《か》えてもらおうか？　あの塀《へい》をのりこえられるもの？　鳥かなぁ。そこまで考えたあたりで、私《わたし》は眠《ねむ》りに落《お》ちていた。

4
『ショウウンジ』

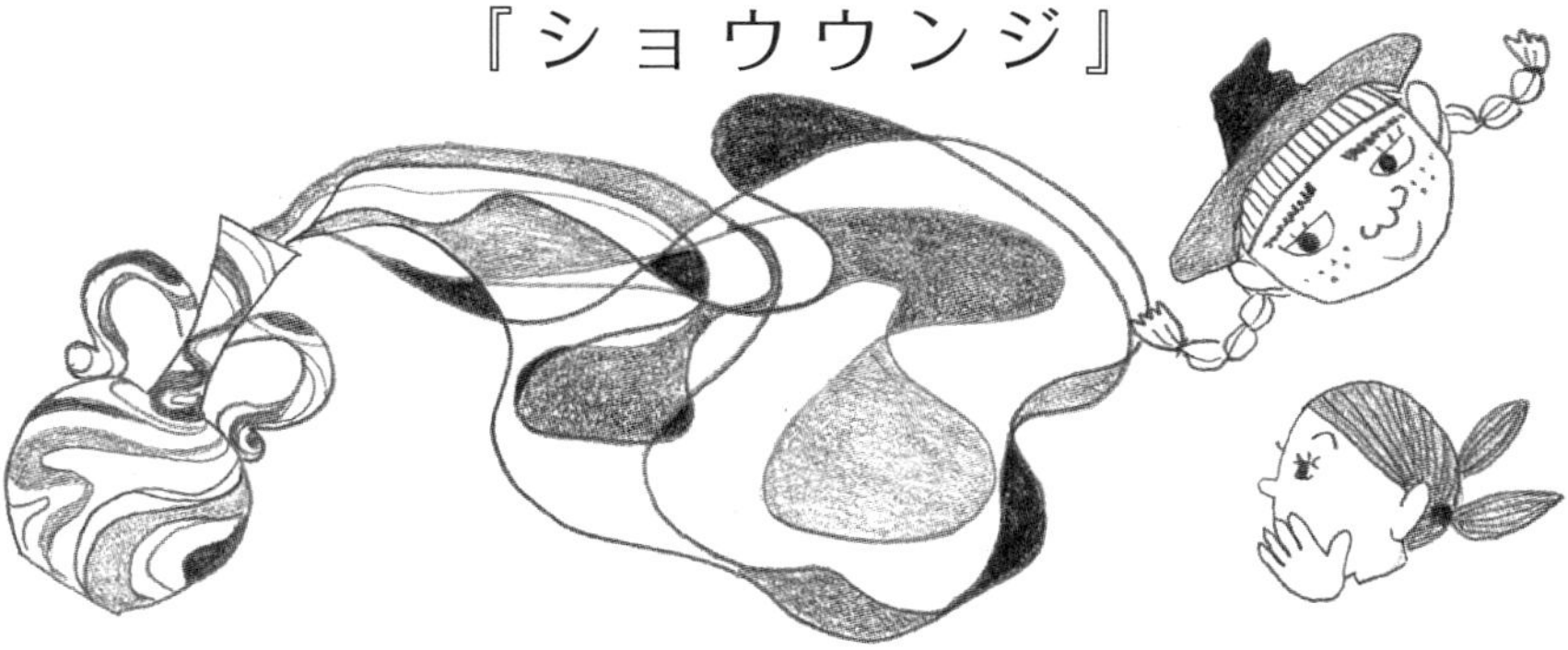

次《つぎ》の日。私《わたし》は寝不足《ねぶそく》で一日中、あくびばかりしていた。中学受験《じゅけん》をひかえた萌《もえ》ちゃんは塾通《じゅくがよ》いでいつも寝不足《ねぶそく》だ。学校からの帰り道、萌《もえ》ちゃんにつられるように私《わたし》まであくびをしたら、あきえちゃんがプッと笑《わら》いだした。

「もう笑《わら》わないでよ。今日は眠《ねむ》くって！」

私《わたし》は、あきえちゃんをひじでつつきながら、またあくびをしかけた。

「ちがうの。見て見て。ほら公園にいるあの人も、すっごく大きなあくびをしたとこ」

私《わたし》のことを笑《わら》ったわけではないらしい。

「あごがはずれそうだったんだから。あ、あれっ、あの人、サヤちゃんの知り合いだったよね」

あきえちゃんが、公園と私《わたし》をみくらべる。公園のベンチにホーライがいる。前にもホーライはこの公園で私《わたし》を待《ま》っていたことがある。

「やだ！　ホーライ！」

と叫《さけ》びたいのをのみこんで、

「あ、そうだ。それじゃ、ここでさよなら」

私《わたし》は、あわただしく二人に手をふってホーライにかけよった。

「帰ったんじゃないの?!」

「帰れなかったんだよ！」

と言うホーライはもう涙目《なみだめ》だ。その目が眠《ねむ》れなかったというように血《ち》ばしっている。

「あれは幽霊《ゆうれい》じゃなかったんだよ」

壺《つぼ》が吸《す》いこんだものだ。

「何だったの？」

「こいつ！」

ホーライは手にもったリードをひっぱった。ベンチの下に何か犬のようなものがいて、リードにつながれている。それがノソノソと出てくる。

「ホーライ、犬が苦手《にがて》じゃなかった？」

「ちがうんだよ。犬じゃないよ。タヌキ

なんだよ」

ホーライがにくらしげに、その動物《どうぶつ》をにらむ。

「あれから、壺《つぼ》をふってびっくりしちまったよ。こんなのが出てくるじゃないか。ヤマネ姫《ひめ》に相談《そうだん》したくても、まさか夜中によびだすわけにもいかないだろ。いちぼんが学校へ行ったのをみはからって出てきて、ヤマネ姫《ひめ》をここで待《ま》ってたんだよ。公園のこっち側《がわ》はいちぼんの帰り道じゃないだろ」

「朝からずっとここで待《ま》ってたの？」

「ああ、亀田《かめだ》さんも来るつもりだったんだけど、目立つしね。どうしよう？あの墓場《はかば》近くの山にいるタヌキなんだとさ。アライグマがなわばりを荒《あ》らすので、それを追《お》いかけまわしているらしい。アライグマがあの古井戸《ふるいど》のあたりに住《す》みつこうとするので、あそこをかけまわることになるんだとさ。でも、カメラの三脚《さんきゃく》をたおしたのはたった二度《ど》だっていうんだよ」

ホーライが大きなため息《いき》をつく。

「たった二度《ど》なのに心霊《しんれい》スポットになっちゃったんだ。カメラのレンズをのぞいているとと足もとなんて見ないしね。夜だし古井戸《ふるいど》もあるし。足音を聞いても、とにかく幽霊《ゆうれい》だって思いこんじゃうかも」

あの時、私《わたし》も足音を聞いた。このタヌキだったんだとホーライの足元にいるタヌキを見た。犬に似《に》ているけど、かけまわるにしては茶色のころんとした体だ。しっぽがふさふさしている。目のまわりの毛の色がちがうせいかめがねをかけたみたいだ。

「タヌキかぁ」

私《わたし》は思わずため息《いき》をついた。ホーライのミッションは、やっぱりそう簡単《かんたん》には解決《かいけつ》しなかった。でも、あの壺《つぼ》の口からこのタヌキが飛《と》びだすところを見てみたかったと残念《ざんねん》だ。

「いいかげんにしてくれないかなぁ。タヌキのどこが悪《わる》いんだよ」

タヌキから男の子の声がした。チィと舌《した》うちの音までする。

「ああ！　そうか、ホーライ、しゃべれるように魔法《まほう》をかけたんだ」
だから、あのお寺の近くにいるとかアライグマを追《お》いかけまわしているとか
知っているのだ。
「魔女《まじょ》っていうんだって。すげぇよな。おしゃべりできるのはいいんだけど、
タヌキ、タヌキってがっかりすんなよな。幽霊《ゆうれい》じゃないって言われても、おい
らのせいじゃないし。あそこで幽霊《ゆうれい》なんてもの見たことねぇぞ」
タヌキはプイと横《よこ》をむく。
「ヤマネ姫《ひめ》、どうしよう？　幽霊《ゆうれい》がみつからなきゃ、いつまでも帰れないよ」
ホーライは本格的《ほんかくてき》に泣《な》きだしした。
「そりゃ、心霊《しんれい》スポットはたくさんあるから、さがせば幽霊《ゆうれい》はいるかもしれな
いけど。いるとしてもホーライの世界《せかい》みたいにうじゃうじゃはいないんだと思
う。っていうより、やっぱりいないんじゃないかな」
「幽霊《ゆうれい》はいないかねぇ」

「ひいじいちゃんの頃《ころ》から代々祥雲寺《だいだいしょううんじ》に世話《せわ》になってっけど、まあ、勝手《かって》に居《い》ついているだけなんだけどさ。幽霊《ゆうれい》なんて見たことないぜ。月夜のタヌキ集会《しゅうかい》でだって、幽霊《ゆうれい》の話なんて聞いたことねぇもの。お寺の近くに住《す》んでるタヌキって多いんだ。今の話題《わだい》は、この頃《ごろ》はびこってきたアライグマだな」

タヌキも口をだす。

「タヌキは黙《だま》ってておくれ！」

いらいらとホーライが片足《かたあし》をドンとふみならす。

「他《ほか》の心霊《しんれい》スポットをさがしてみ

る？」

「いないと思うよ」

またタヌキが口をだす。

「おしゃべりなタヌキだねぇ」

元にもどそうかとホーライが太い人差指《ひとさしゆび》をふりたてる。

「タヌキ、タヌキって言うな。おいら、仲間《なかま》うちじゃショウウンジって呼《よ》ばれてんだ。もう少し、しゃべらせとけって。こんなこと夢《ゆめ》みたいだし。おいらだって、何かの役《やく》にたつかもしれねぇだろ」

「へえ。ショウウンジか。わかった。私《わたし》、ヤマネ姫《ひめ》。魔女《まじょ》はホーライ。よろしく」

と、私《わたし》は自己紹介《じこしょうかい》した。

「ああ、人間としゃべれるって、すげえ！」

ショウウンジがタヌキでもにっこりしたように見えた。おちついてすわっていると賢《かしこ》い犬ぐらいには見える。

「他《ほか》をさがしてみよう。とにかく時間はかかるよ」

私《わたし》は、毎晩《まいばん》、心霊《しんれい》スポットめぐりをしなければならないのかと覚悟《かくご》した。

「時間がかかるのは困《こま》るよ。こっちでグズグズしてたら赤《あか》ん坊《ぼう》は育《そだ》っちまうし」

ホーライがうなる。

「あ、そうだよね。たった一晩《ばん》でも向《む》こうの世界《せかい》にすると十日ぐらいはたってるかもしれないもの。幽霊《ゆうれい》をつかまえたとしても、赤《あか》ん坊《ぼう》が大人になってたら役《やく》にたたないか」

どうしよう？　と私《わたし》はくちびるをかんだ。

ホーライの世界《せかい》とこっちの世界《せかい》の時の進《すす》み方《かた》はちがう。ホーライの世界《せかい》の方がとにかく速《はや》い。こちらの世界《せかい》で一年でも、ホーライの世界《せかい》では二、三年たってたり五、六年たってたりすることがある。

「しょうがない。こっちの世界《せかい》には幽霊《ゆうれい》はいませんって言うしかないんじゃない」

私《わたし》は、それしかない！　とうなずいてみせた。ホーライも、同じ意見《いけん》だったらしい。

「そうだねぇ。ヤマネ姫《ひめ》、いっしょに行ってくれるだろ。私《わたし》だけじゃ、なまけてるって信《しん》じてもらえっこないし」

ホーライは、逃《に》がすものかと、もう私《わたし》の腕《うで》をつかんでいる。

「どこへ行くの？」

「墓場《はかば》の城《しろ》だよ」

「エーッ！」

悲鳴《ひめい》をあげてもホーライは、相棒《あいぼう》じゃないかと私《わたし》にすりよる。

「おいらも行ってやる」

ショウウンジがうれしげにうなずいた。

「ほんとは信用《しんよう》があるから亀田《かめだ》さんがいっしょに行ってくれればいいんだけど、いちぼんに見つかるとやっかいだし。まあ、こっちの世界《せかい》の者《もの》だしタヌキでも」

「ショウウンジだって」

「そのジでもいいとするよ」

ホーライは肩《かた》をすくめた。

ホーライの世界《せかい》へ行くとなると、姿《すがた》が消《き》えることになる。誰《だれ》に見られるかわからない公園で消《き》えるわけにはいかない。カエル王子の別荘《べっそう》へ帰れたらいいのだが、今の時間では帰る途中《とちゅう》で、いちばんに見つかるかもしれない。

「わたしんちから行く？」

今の時間、私《わたし》の家には誰《だれ》もいない。

「おう！　行こうぜ！　墓場《はかば》の城《しろ》！」

ショウウンジは、はりきっている。

「怖《こわ》くないの？」

「怖《こわ》いかよ。おいら、墓場育《はかばそだ》ちだぜ」

ショウウンジは、まかせとけというようにうなずく。

墓場育《はかばそだ》ちだの幽霊育《ゆうれいそだ》ちだの言葉《ことば》だけ聞くと気味《きみ》が悪《わる》い。私《わたし》はため息《いき》をついた。

5

墓場《はかば》の城《しろ》

私《わたし》たちは、私《わたし》の家の廊下《ろうか》から墓場《はかば》の城《しろ》へ向《む》かっていた。

「廊下《ろうか》だろ？　妙《みょう》に長くね」

ショウウンジがあたりをキョロキョロみまわす。

「ホーライの魔法《まほう》よ。ここからちがう世界《せかい》へ行くの」

「へぇ、魔女《まじょ》ってすげぇよな。おいら、あこがれちまう」

ショウウンジのめがねをかけたような目がキラキラとホーライを見あげる。

「タヌキにそう言われてもねぇ」

肩《かた》をすくめたホーライだけど、どこかうれしそうに見えた。

前は見なれないドアを開《あ》けたら弓月《ゆみづき》の城《しろ》の中だったが、今回は霧《きり》が出てきてあたりがどんどん真《ま》っ白《しろ》になっていく。

「ホーライ、いるよね。どこ？　見えないんだけど」

私《わたし》はとなりにいるはずのホーライへ手をのばした。

「ここだよ。いるよ」

ホーライの声がした。

のばした私《わたし》の手がホーライの手をつかんだと思った。なのに妙《みょう》につかみごたえがない。つかんでいるのに、にょろりと手の中から逃《に》げだしそうだ。ホーライの手はぷくぷくしてあったかいはずなのに、氷《こおり》にさわったみたいに冷《つめ》たい。ホーライの手だろうかと、にぎった手をよく見ようと顔の前にもってこようとした。

そのいきおいで、手にひきずられるように相手《あいて》の体がブオーンと風をおこして私《わたし》の目の前に動《うご》いたのがわかった。軽《かる》い体だ。

ホーライじゃない！

と、思った時には私《わたし》の顔の前に半透明《はんとうめい》の顔がつきつけられていた。

「そう力まかせにひっぱらんでくれるか」

顔のりんかくも目も鼻《はな》も口もりっぱな八の字ひげもわかる。長い髪《かみ》の上に王《おう》冠《かん》がのっている。でも、色がない。やわらかなガラスみたいな顔のひげの下の口が動《うご》いて、ささやいていた。体が見えない。顔だけが浮《う》いている。

「キャァー」

私《わたし》の悲鳴《ひめい》と同時に霧《きり》が晴れた。

「な、なんという声だ。みんなが起《お》きてしまうじゃないか！　あまりかん高い声を出さんでくれ。わしらの体は空気の振動《しんどう》に弱い。ひびが入ってしまうでな」

透明《とうめい》な体をふるわせて怒《おこ》っているらしいが、声は小さいままだ。

「だ、だって、驚《おどろ》いて――、す、すみません」

私《わたし》は、ぽんとつきでたお腹《なか》で、マントらしいものをはおっている透明《とうめい》な人にあやまった。さっきまでは、私《わたし》がひっぱったいきおいで体が流《なが》れていたらしいが、今は私《わたし》の目の前に立っている。透明《とうめい》なガラスでできた人みたいだ。あきえちゃんの雛《ひな》人形がガラスでできていた。あんな感《かん》じだと思う。それにひびが入ったら一大事《いちだいじ》だ。かん高い声は出さないようにしようと透明《とうめい》な人を見ながらうなずいた。

「ヤマネ姫《ひめ》、大丈夫《だいじょうぶ》かい？」

ホーライとショウウンジが心配《しんぱい》そうに私《わたし》のとなりに身《み》をよせた。

「おお、弓月《ゆみづき》の城《しろ》の魔女殿《まじょどの》か。頼《たの》んだ幽霊《ゆうれい》が見つかったのか？　わしがこの城《しろ》の王だ」

私《わたし》の前にいる王冠《おうかん》をかぶった人の顔がうれしそうにほころんだ。すると、

「おお！　ちがう世界《せかい》の幽霊《ゆうれい》か？」

「どれどれ、わしにも見せてくれ」

「楽しみにしておったぞ！」

「今回は、申《もう》しわけない。はるばる来てもらうことになった」

「わしらの手にはおえん子でのぉ。面目《めんぼく》ない」

「あれは無理《むり》よ」

「そうよ。あんな泣《な》き声《ごえ》の子、初《はじ》めてだもの」

あっというまに、ガラスのコップがつみかさなったように、王様《おうさま》のまわりに透明《とうめい》な幽霊《ゆうれい》たちがより集《あつ》まった。人の姿《すがた》はしているが浮《う》いている。ドレスのよ

うなものを着《き》ていたり、鎧《よろい》を身《み》につけていたりするのがわかる。お年寄《としよ》りも若《わか》い人もいる。子どももいた。

「なんだ！　起《お》きてしまったのか。寝《ね》ておればいいものを！」

王様《おうさま》が、うるさそうにまわりの幽霊《ゆうれい》たちをおいはらおうとする。

「王様《おうさま》、寝《ね》てばかりいるのもあきます」

「ちがう世界《せかい》から来たんでしょ。見たいわ！」

「王様《おうさま》、一人じめは、ずるいです」

「あっちの世界《せかい》の幽霊《ゆうれい》はどこ？」

「まさか、女の子と、これはタヌキ！」

幽霊《ゆうれい》たちはますます数がふえる。ホーライが『うっとうしいったら』と言ったのがわかる。幽霊《ゆうれい》たちの声は小さくて優《やさ》しいのだけれど、こうたくさんでは、蚊《か》の大群《たいぐん》がおしよせてきたみたいだ。

「わかった。わかったから、どけ！　とにかく棺《ひつぎ》に帰れ！」

王様《おうさま》の声が大きくなった。

幽霊《ゆうれい》たちはその声にヒィとふるえあがると、ちりぢりに飛《と》んでいく。幽霊《ゆうれい》たちはとにかく大きな声が苦手《にがて》らしい。

やっと、あたりの様子《ようす》が見わたせた。

うす暗《ぐら》い大きな体育館《たいいくかん》みたいな所《ところ》だ。窓《まど》が上の方に数か所《しょ》あるだけだ。円形なので石の棺《ひつぎ》が放射状《ほうしゃじょう》に何列《なんれつ》もきれいにならんでいる。それぞれの棺《ひつぎ》から出てきたらしくふたをきちんと閉《し》めていない。みんな少しずれたふたの上へすわりこんだ。幽霊《ゆうれい》たちはずれたふたの上へすわりこんだ。大人《おとな》しく棺《ひつぎ》の中にもどるつもりはないのだ。

中央《ちゅうおう》が舞台《ぶたい》のように高くなっていて、そこにあるのが王様《おうさま》の棺《ひつぎ》だ。私《わたし》たちは舞台《ぶたい》の上にいた。

「さすが魔女殿《まじょどの》、うわさ通り優秀《ゆうしゅう》なのだな」

王様《おうさま》がほれぼれとホーライを見る。

ほめられたことなどないホーライが真《ま》っ赤《か》になって、もじもじと両手《りょうて》をにぎ

りあわせている。

「そ、そ、その、優秀《ゆうしゅう》じゃないんだよ。こ、困《こま》っちまったねぇ」

ホーライがなんとかしてくれと、私《わたし》をひじでつつく。

「あの、王様《おうさま》。私《わたし》の世界《せかい》にというか。ここと ちがう世界《せかい》に幽霊《ゆうれい》はいません。それをお伝《つた》えしに来たんです」

私《わたし》は、ごくりと息《いき》をのんでから、いっきに話した。

「えーっ！」

悲鳴《ひめい》があがった。王様《おうさま》をはじめ城《しろ》にいる幽霊全員《ゆうれいぜんいん》が、大きく口をあけてほほを両手《りょうて》でおさえて叫《さけ》んでいる。まさかそんなことが――と、この世《よ》の終《お》わりみたいな感覚《かんかく》らしい。

幽霊《ゆうれい》たちの声は小さいが、それでも人数はあるので、あたりの空気をふるわせる。その声がお城《しろ》の天井《てんじょう》に反響《はんきょう》してヒェーヒェーと薄気味悪《うすきみわる》く響《ひび》く。

私《わたし》もホーライも墓場育《はかばそだ》ちのショウウンジまで、ブルリと体をふるわせた。

「ほら、やっぱり幽霊《ゆうれい》って怖《こわ》いんだって」

私《わたし》はつぶやいていた。

「困《こま》った！　本当に幽霊《ゆうれい》はいないのか？」

王様《おうさま》が、すがるような目でホーライや私《わたし》を見る。私《わたし》とホーライがうなずく。

「おいら、墓場育《はかばそだ》ちなんだけど、幽霊《ゆうれい》に会ったことねぇんだ」

ショウウンジも、すまなそうにつけたした。

「ああ！」

どうしようと王様《おうさま》が頭をかかえてうずくまってしまう。まわりの幽霊《ゆうれい》たちも、王様《おうさま》にならって頭をかかえこんでうなる。城中《しろじゅう》に低《ひく》いうなり声が渦《うず》を巻《ま》くようだ。

「うっとうしいだろ？」

ホーライがささやく。私《わたし》も同感《どうかん》だ。

「困《こま》った。どうしたもんだろう。あの赤《あか》ん坊《ぼう》だけは手におえん。黄泉《よみ》の国始《くにはじ》まって以来《いらい》の危機《きき》だ」

王様《おうさま》が、ウームとうなる。

「その赤《あか》ん坊《ぼう》は面倒《めんどう》みれませんって断《ことわ》ればいいんじゃないですか？」

私《わたし》が思わず言うと、

「そうだよ。無理《むり》ですって言っちまえばいいんだ」

とショウウンジもつけたす。

「断《ことわ》ったりできん。われらは、優《やさ》しい声と柔《やわ》らかでなめらかな手ざわり、ゆりかごのように宙《ちゅう》を浮《う》くこともできる。どんなに泣《な》き虫《むし》の赤《あか》ん坊《ぼう》も、われらに抱《だ》かれると大人《おとな》しく眠《ねむ》る。ベビーシッターは幽霊《ゆうれい》の天職《てんしょく》だ」

王様《おうさま》は誇《ほこ》らしく宣言《せんげん》して、

「それに、かわいそうな子なんだ。めぐりあわせが悪《わる》くて一族《いちぞく》がみな冬眠《とうみん》に入ってしまってな。一番早く目ざめる予定《よてい》のばば様《さま》でも、あと半年は眠《ねむ》っていらっしゃる。屋敷《やしき》に残《のこ》されたのは赤《あか》ん坊《ぼう》だけだ」

と、透明《とうめい》な顔をしかめた。

冬眠《とうみん》？　何？　動物《どうぶつ》なのだろうとは思う。

私《わたし》とホーライとショウウンジがお互《たが》いの顔を見あわせた。でも、とにかく、赤《あか》ん坊《ぼう》がたった一人で残《のこ》されている、かわいそうな状態《じょうたい》らしいことはわかった。

それではベビーシッターが必要《ひつよう》なわけだ。

「おううさまぁぁぁ」

ひときわ高い悲鳴《ひめい》のような声が外から聞こえた。

幽霊《ゆうれい》たちがいっせいに両手《りょうて》で耳をふさぐ。あわてて棺《ひつぎ》の中へ飛《と》びこんでいく。

それでも、やわらかいグニョグニョした透明《とうめい》な体が一気に固《かた》くなったのがわ

かった。もたついていた幽霊《ゆうれい》のガラスの腕《うで》にピッとひびが入った！

「ああ、大変《たいへん》！　割《わ》れる！」

私《わたし》は思わずひびが入った幽霊《ゆうれい》を指《ゆび》さしてしまった。このままひびが大きくなってこなごなになってしまうのかと、きっと真《ま》っ青《さお》になったにちがいない。自分の頭から血《ち》がひいていくのがわかる。

「何、しばらくすれば元にもどる」

王様《おうさま》がこともなげに言った。

もたついた幽霊《ゆうれい》は、ガシャンとこわれることもなく、棺《ひつぎ》の中へもどっていった。

王様《おうさま》の肩《かた》のあたりにもひびが入っていた。その肩《かた》を片手《かたて》でおさえた王様《おうさま》は、低《ひく》い声で、

「聞こえとる！　シーッ」

と、もう一方の手で口の前に人差指《ひとさしゆび》をたてた。外から聞こえた声にこたえたらしい。

「シーッ！　叫《さけ》ぶでない！」

と言いながら棺《ひつぎ》が並《なら》ぶ通路《つうろ》を歩いていく。王様《おうさま》の話し声のような声は外へも聞こえるらしい。体はもうやわらかさをとりもどして、ひびもふさがっている。

王様《おうさま》が言った通り、幽霊《ゆうれい》たちは空気を揺《ゆ》るがす声の振動《しんどう》で、周波数《しゅうはすう》というのだろう、すぐもとにもどるらしいが、体が硬直《こうちょく》し、あげくにひびが入る。さっきのようなかん高い音域《おんいき》が原因《げんいん》らしい。私《わたし》の目はきっと真《ま》ん丸《まる》になっていると

思う。この城《しろ》の中で動《うご》いているのは王様《おうさま》と私《わたし》たちだけだ。

王様《おうさま》は通路《つうろ》の先にあった真《ま》っ白《しろ》な分厚《ぶあつ》い扉《とびら》をひびの入らなかった方の肩《かた》をつかっておしあけた。

明るい光がさし風もふいてきた。その風で密閉《みっぺい》された所《ところ》にいたんだと、初《はじ》めて気がついた。私《わたし》もホーライもショウウンジも、大きく息《いき》をついていた。

明るさに目がなれたら、小高い山の上にいることがわかった。弓月《ゆみづき》の城《しろ》は森の中にあったが、ここは岩場で、木どころか草の一本も見えない。ところどころ真《ま》っ白《しろ》い小さな家のようなものがある。入り口だけで窓《まど》もない、遠くから見ればお母さんが台所《だいどころ》で使《つか》っているホーローの砂糖壺《さとうつぼ》みたいだ。

私《わたし》が、あれ何？　というようにホーライのマントをひっぱった。

「あれが幽霊《ゆうれい》たちの家、お墓《はか》さ。ベビーシッターにはまだ行けない、なりたての幽霊《ゆうれい》たちがいるよ。墓場《はかば》の城《しろ》にいるのは、貸《か》しだされる年季《ねんき》をつんだ幽霊《ゆうれい》ばかりさ」

ホーライが、これがお城《しろ》だよ、と今私《わたし》たちが出てきた方をふりむいた。白い砂糖壺《さとうつぼ》のお化《ば》けみたいなものがドーンとある。お城《しろ》？ ああ、亀田《かめだ》さんが霊廟《れいびょう》と言っていたと思い出した。

こんな形が霊廟《れいびょう》というのかと私《わたし》がうなずきかけた時、下の方からただよってくるものが見えた。

6

乳母車《うばぐるま》の赤《あか》ん坊《ぼう》

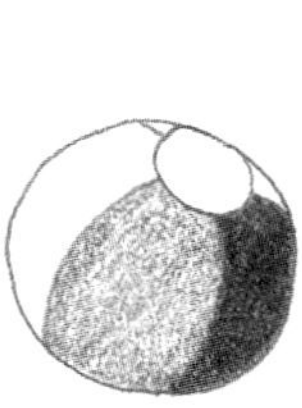

岩山の道の上を車のついた箱《はこ》が浮《う》きながら進《すす》んでくる。

「乳母車《うばぐるま》だ。また立派《りっぱ》なやつだなぁ。保育園《ほいくえん》のお散歩《さんぽ》用につかっているのより大きいぞ」

祥雲寺《しょううんじ》は保育園《ほいくえん》も営《いとな》んでいるらしい。保育士《ほいくし》さんたちが使《つか》っていると、ショウウンジが教えてくれる。

よく見ると箱《はこ》に幌《ほろ》もかけてあるし、黒塗《くろぬ》りの箱《はこ》に銀色《ぎんいろ》の紋章《もんしょう》のようなものもある。その乳母車《うばぐるま》を押《お》しているのは一人の幽霊《ゆうれい》だ。幽霊《ゆうれい》のただよう力で宙《ちゅう》を進《すす》んでくるらしい。四つの車輪《しゃりん》はまわっていない。

お城《しろ》の中で見た幽霊《ゆうれい》とは少しちがった。透明《とうめい》ではない。青白いが顔色もわかる。白髪《はくはつ》をゆるく結《ゆ》いあげて止めているくしの飾《かざ》りの宝石《ほうせき》が赤いことも、ドレスの色が緑色《みどりいろ》だったこともわかる。色が少し残《のこ》っている。

「もどってまいりましたぁ。すみません。私《わたし》、まだ声の調《ちょう》節《せつ》が苦手《にがて》で、叫《さけ》んでしまいました」

その幽霊《ゆうれい》が王様《おうさま》の前に乳母《うば》車《ぐるま》をそっと止めた。この幽霊《ゆうれい》は霊廟《れいびょう》の中の幽霊《ゆうれい》たちと色が

違《ちが》う。そのせいか、幽霊《ゆうれい》の苦手《にがて》な周波数《しゅうはすう》で叫《さけ》んでしまうらしい。

「ポンパ夫人《ふじん》、そなたでも無理《むり》だったか！」

王様《おうさま》がうなだれて、乳母車《うばぐるま》を押《お》していた幽霊《ゆうれい》を見た。

「すみません。もう無理《むり》です。いくら待《ま》っても代《か》わりの方が来てくださらないし、私《わたし》が帰ってしまったらこの子は一人ぽっちになってしまいます。近所《きんじょ》にお頼《たの》みできる方もいらっしゃらないし。それで連《つ》れてきてしまいました」

ポンパ夫人《ふじん》と呼《よ》ばれた幽霊《ゆうれい》が、今は寝《ね》ていますと、乳母車《うばぐるま》をのぞきこむ。

「いやー、すまんな。弓月《ゆみづき》の城《しろ》の魔女殿《まじょどの》に頼《たの》んだのだが、違《ちが》う世界《せかい》には幽霊《ゆうれい》はおらんというのだ。わしも、困《こま》ってしまったところだ」

王様《おうさま》は、ポンパ夫人《ふじん》にあやまって、

「ポンパ夫人《ふじん》は、われわれにくらべたら、幽霊《ゆうれい》になりたてみたいなものでなぁ。色がちがうだろう」

と、自分とポンパ夫人《ふじん》をみくらべた。

「あ、なりたてなんですか」

私《わたし》は、なんとなく納得《なっとく》した。

「幽霊《ゆうれい》生活が長くなると色が抜《ぬ》けるんですか？」

幽霊《ゆうれい》生活？　こんな言葉《ことば》があるんだろうかと思いながら、私《わたし》は聞いてみた。

「先輩《せんぱい》たちは透明《とうめい》なの。私《わたし》はまだ、本当の幽霊《ゆうれい》とは言えないかもしれないわ。だから、この子の泣《な》き声《ごえ》も私《わたし》にはそうダメージがなかろうと思っていたのだけれど、やっぱり体がかたくなっちゃって。ひびは入らないんだけど、抱《だ》いていたこの子を落《お》としそうになってしまって――」

ポンパ夫人《ふじん》が情《なさ》けなさそうに肩《かた》をおとした。ポンパ夫人《ふじん》はまだ城《しろ》に入れる幽《ゆう》霊《れい》ではないらしい。特別任務《とくべつにんむ》という感《かん》じらしかった。

この赤《あか》ん坊《ぼう》の泣《な》き声《ごえ》で、幽霊《ゆうれい》たちは体が硬直《こうちょく》しひびまで入ってしまうのだ。

それで、ちがう世界《せかい》の幽霊《ゆうれい》を連《つ》れてきてくれとホーライに頼《たの》んだのだ。

「わが城《しろ》で引きうけた大事《だいじ》な赤《あか》ん坊《ぼう》だ。けがなどさせられん。魔女殿《まじょどの》、なんとかしてくれんか？」

王様《おうさま》がホーライをすがるように見た。

私《わたし》は幌《ほろ》から乳母車《うばぐるま》の中をのぞきこんだ。どこに赤《あか》ん坊《ぼう》がいるのかわからないほど、ぬいぐるみや着替《きが》えの入った袋《ふくろ》やら、哺乳瓶《ほにゅうびん》が積《つ》んである。ぬいぐるみの間におくるみにつつまれた赤《あか》ん坊《ぼう》らしきものが見えた。どんな赤《あか》ん坊《ぼう》だろうと、まわりのぬいぐるみをどかそうと手をのばしたら、

「やっと眠《ねむ》ったところなのよ。起《お》こさないで」

とポンパ夫人《ふじん》にとめられてしまった。

「幽霊《ゆうれい》じゃなくても、誰《だれ》か他《ほか》にベビーシッターができる人がいるはずです」

私《わたし》は簡単《かんたん》なことだと王様《おうさま》を見た。というより、にらんだ。そりゃ天職《てんしょく》かもしれないが、できないことだってある。泣《な》き声《ごえ》で体にひびが入る幽霊《ゆうれい》たちが、無《む》理《り》にがんばって面倒《めんどう》をみなくてもいいではないか。この赤《あか》ん坊《ぼう》の世話《せわ》ができる誰《だれ》かが、この世界《せかい》にだっているはずだ。幽霊《ゆうれい》たちにも一人ぽっちの赤《あか》ん坊《ぼう》にも

同情《どうじょう》していた。

「黄泉《よみ》の城《しろ》の面子《めんつ》がかかっている。なんとか大ごとにせんでくれ。あと半年でいいのだ。この赤子の面倒《めんどう》をみてくれる者《もの》を、ちがう世界《せかい》でさがしてくれんか？　黄泉《よみ》の城《しろ》でこの赤《あか》ん坊《ぼう》の面倒《めんどう》をみれなかったと他《ほか》の国に知られるわけにはいかんのだ」

王様《おうさま》がうなっている。

悪《わる》い評判《ひょうばん》をたてたくないということだ。私《わたし》は評判《ひょうばん》なんてどうでもいいと思っていた。赤《あか》ん坊《ぼう》がかわいそうだった。

「商売《しょうばい》にさしさわりがあるってことか。よく言う大人の事情《じじょう》ってやつだな！」

ショウウンジが、まったく！　というように舌《した》うちをした。私《わたし》だって舌《した》うちをしたい気分だ。

「この陽気《ようき》だ。ばば様《さま》は半年もかからんで冬眠《とうみん》から目覚《めざ》めそうだ」

王様《おうさま》は空をにらむと、

「いつもより暖《あたた》かくなるのは早かろう。あと三、四か月というところかもしれんな。金貨荷馬車《きんかにばしゃ》一台分も弓月《ゆみづき》の城《しろ》へ送《おく》ったのだ。なんとかしてくれ」

とホーライにつめよる。

「そういわれてもねぇ」

居候《いそうろう》の出稼《でかせ》ぎ魔女《まじょ》のホーライは青ざめるばかりだ。

「ほんとに弓月《ゆみづき》の城《しろ》へ帰れなくなりそうだよ」

青ざめたうえに涙《なみだ》までためだした。

ホーライは弓月《ゆみづき》の城《しろ》から追《お》いだされたら行くところがない。昔《むかし》のように木のうろで暮《く》らすのだろうか。きっと食べる物《もの》にだって不自由《ふじゆう》する。かわいそうでたまらない。そうなったら、亀田《かめだ》さんに頼《たの》み込《こ》んでカエル王子の別荘《べっそう》に居候《いそうろう》させてもらおう。ホーライはずっと居候《いそうろう》の立場から抜《ぬ》けだせないのかなぁ。私《わたし》はため息《いき》をつきかけて、あっと思いついた。

「ホーライが面倒《めんどう》みたら？」

私《わたし》はホーライのマントのすそをひっぱった。

「私《わたし》がぁ？　赤《あか》ん坊《ぼう》の世話《せわ》なんてしたことないよ。無理無理《むりむり》。それに、弓月《ゆみづき》の城《しろ》になんて連《つ》れていったら、この世界中《せかいじゅう》に、墓場《はかば》の城《しろ》はこの赤《あか》ん坊《ぼう》の世話《せわ》ができなかったって知らせるのと同じこったよ」

ホーライはぽっちゃりした手をいきおいよくふる。

「だから、カエル王子の別荘《べっそう》で世話《せわ》したらいい。ねぇ。ちがう世界《せかい》なら、ないしょにできる。墓場《はかば》の城《しろ》に悪《わる》い評判《ひょうばん》はたたないもの」

正直、自分たちの立場にばかりこだわる墓場《はかば》の城《しろ》に腹《はら》がたつけど、このままではホーライが困《こま》る。ホーライのためだ。私《わたし》は赤《あか》ん坊《ぼう》をカエル王子の別荘《べっそう》へ連《つ》れていこうと説得《せっとく》していた。

「亀田《かめだ》さんになんとか頼《たの》みこもう。もう、私《わたし》たちの仲間《なかま》なんだからしょうがないって、あきらめてもらおう」

亀田《かめだ》さんの困《こま》った顔が目にうかぶ。でも、ここ何日かホーライと赤《あか》ん坊《ぼう》がころがりこむのと、弓月《ゆみづき》の城《しろ》を追《お》いだされたホーライがずっと居候《いそうろう》するのと、どちらを選《えら》ぶ？　と聞いてみよう。まるで脅迫《きょうはく》だけど、亀田《かめだ》さんは赤《あか》ん坊《ぼう》の世話《せわ》をする方を選《えら》ぶはずだ。

「亀田《かめだ》さんかぁ」

泣《な》きだしかけていたホーライの顔が一気にゆるむ。もう、亀田《かめだ》さんの作るほっぺが落《お》ちそうな料理《りょうり》がホーライの頭の中でグルグルまわりだしたにちがいない。

「それに、そのばば様《さま》が目覚《めざ》めるのにこっちの世界《せかい》で三か月か四か月かかるってことは、あっちの世界《せかい》なら絶対《ぜったい》、そんなにかかんないって」

ねっと、ホーライにうなずいた。

「ああ、そうか、そうだね！　ヤマネ姫《ひめ》、さすが私《わたし》の相棒《あいぼう》だよ」

顔中で笑《わら》うホーライがパンと私《わたし》の肩《かた》をたたいた。

ホーライが私《わたし》の世界《せかい》で赤《あか》ん坊《ぼう》の世話《せわ》をすることに決《き》まった。

王様《おうさま》は、よほど安心《あんしん》したらしくホーライの手を両手《りょうて》でにぎると、

「魔女殿《まじょどの》、この御恩《ごおん》は黄泉《よみ》の国一同、忘《わす》れはしませんぞ」

とおしいただいた。

「ま、まあ、私《わたし》にまかせておいたらいいさ」

ホーライがそっくりかえる。

私《わたし》は、もうこんなミッションをおしつけられないように、ホーライを弓月《ゆみづき》の城《しろ》から独立《どくりつ》させることを考えなければいけないと決心《けっしん》していた。

「魔女様《まじょさま》、ではこのままお連《つ》れください。着替《きが》えやおもちゃ、哺乳瓶《ほにゅうびん》にミルクなど積《つ》んでございます。もっとも、もうそろそろ離乳食《りにゅうしょく》が始《はじ》まりますから
――」

ポンパ夫人《ふじん》が乳母車《うばぐるま》の中の哺乳瓶《ほにゅうびん》を指《ゆび》さして、こまごまと説明《せつめい》しようとした。

「フェ、フェ、フェーン！」

眠《ねむ》っていたはずの赤《あか》ん坊《ぼう》が乳母車《うばぐるま》をいじったせいか、起《お》きてしまった。なるほどと思うようなかん高い泣《な》き声《ごえ》だ。他《ほか》の赤《あか》ん坊《ぼう》とはちがうのかもしれないと私《わたし》でも思った。王様《おうさま》とポンパ夫人《ふじん》はとっさに耳をおさえてうずくまってしまう。

泣《な》き声《ごえ》はどんどん大きくなる。

「魔女殿《まじょどの》、頼《たの》む。早く連《つ》れて行ってくれ！」

そう言う王様《おうさま》の腕《うで》にピィと音をたててひびが入った。

「こりゃ大変《たいへん》だ。わかったよ。それじゃ行くよ」

ホーライが乳母車《うばぐるま》のとってをつかむ。

「なんとすごい泣《な》き声《ごえ》なもんだな。こりゃ何の赤《あか》ん坊《ぼう》なんだ？」

ショウウンジが今さらのように首をかしげた。

そういえばそうだ。私《わたし》も乳母車《うばぐるま》の中をきちんと見ていないと思った時、あたりは来た時のように真《ま》っ白《しろ》い霧《きり》につつまれていた。

7

亀田《かめだ》さん、断固拒否《だんこきょひ》！

霧《きり》がはれたら、色とりどりのチューリップが見えた。カエル王子の別荘《べっそう》に来ている。塀《へい》の内側《うちがわ》だ。いちぼんを気にすることはない。私《わたし》は安心《あんしん》して、

「亀田《かめだ》さーん」

温室《おんしつ》にむかって呼《よ》んだ。

「ああ。ヤマネ姫《ひめ》、ホーライ様《さま》と無事《ぶじ》にお会いになったのですね。タヌキもまだごいっしょなんですか？　おや、ホーライ様《さま》、乳母車《うばぐるま》ではございませんか？」

温室《おんしつ》から出てきた亀田《かめだ》さんが、私《わたし》たちを見て首をかしげる。

大泣《おおな》きしていた赤《あか》ん坊《ぼう》は、泣《な》き疲《つか》れたのかヒッ

クヒックと泣《な》くだけになっていた。

「いろいろあったんだよ。とにかく何か食べさせておくれよ」

「タヌキって言うな。おいらのことは、ショウウンジって呼《よ》んでくれ！」

「亀田《かめだ》さんにお願《ねが》いしたいことができたんだ」

私《わたし》たちは、亀田《かめだ》さんを押《お》しもどすように、勝手知《かって》ったる温室《おんしつ》になだれこんだ。

「はいはい。お待《ま》ちくださ い。もしかして、おやつの時間にはおもどりかもしれないと、肉まんの皮《かわ》を発酵《はっこう》させております。そろそろいい頃《ころ》あいでございますよ。具《ぐ》をつつんで蒸《む》しますから、ヤマネ姫《ひめ》、何があったか台所《だいどころ》でお聞かせくださいませ」

亀田《かめだ》さんは、台所《だいどころ》へ行く前に昨日《きのう》の残《のこ》りらしい豆大福《まめだいふく》や羊羹《ようかん》やあられを、ドシーンと音をたててソファにすわりこんだホーライの前に並《なら》べた。

「ショウウンジも、もらって食べて」

私《わたし》は豆大福《まめだいふく》を一つショウウンジの前においてやった。

「ありがとよ。でも、おいら、乳母車《うばぐるま》の赤《あか》ん坊《ぼう》が気になるしなぁ」

ショウウンジは、乳母車《うばぐるま》を押《お》す私《わたし》といっしょに台所《だいどころ》へ来た。

「また寝《ね》ちまったようだな?」

ショウウンジは、寝息《ねいき》が聞こえると乳母車《うばぐるま》に耳をおしあてた。赤《あか》ん坊《ぼう》が気になるらしい。乳母車《うばぐるま》のまわりをフガフガ鼻《はな》をならしながらかぎまわっている。

私《わたし》も気にはなるけど、眠《ねむ》っているならなにも今起《お》こすことはない。冬眠《とうみん》するのだから人間ではない。熊《くま》の子かなぁ――。とにかく、ホーライと赤《あか》ん坊《ぼう》をここに置《お》いてもらうよう亀田《かめだ》さんにお願《ねが》いしなきゃとあせっていた。最後《さいご》は脅迫《きょうはく》することになってもしょうがない。

肉まんの皮《かわ》を丸くのばしたり、具《ぐ》をつつんだりと忙《いそが》しい亀田《かめだ》さんに、私《わたし》は、墓場《はかば》の城《しろ》でのことを話した。そして、赤《あか》ん坊《ぼう》とホーライを何週間かこの別荘《べっそう》に置《お》いてくれないかと頼《たの》んでみた。

「ホーライ様《さま》と赤《あか》ん坊《ぼう》でございますか？」

案《あん》のじょう、亀田《かめだ》さんは渋《しぶ》い顔をした。

「わたくしめは、赤《あか》ん坊《ぼう》の世話《せわ》などしたことがございませんのです。お命《いのち》をお預《あず》かりするなど大それたことでございます。そんな大切な赤《あか》ん坊《ぼう》をこの別荘《べっそう》でお育《そだ》てするなど、とんでもないことでございます」

亀田《かめだ》さんはブンブンと音が出るように首をふる。

やっぱり、ホーライが弓月《ゆみづき》の城《しろ》を追《お》いだされたら、この別荘《べっそう》の居候《いそうろう》になることになるが、それでもいいかと脅迫《きょうはく》するよりしかたがないと思った時、乳母車《うばぐるま》の赤《あか》ん坊《ぼう》がまた泣《な》きだした。

「ヒエ、ヒエ、ヒエーン！」

泣《な》き声《ごえ》はどんどん大きくなる。が、私《わたし》たちは、どんなに泣《な》いても、幽霊《ゆうれい》たちのように体にひびが入ったりはしない。私《わたし》は連《つ》れてきてよかったと、にんまりしかけた。

亀田《かめだ》さんは赤《あか》ん坊《ぼう》の世話《せわ》をしたことがないと言いながらも、

「おやおや、お腹《なか》がへりましたか？　おむつでしょうか？」

乳母車《うばぐるま》の幌《ほろ》の下にかがみこんで、ぬいぐるみの間から赤《あか》ん坊《ぼう》をだきあげようとした。

「ギャー！」

亀田《かめだ》さんはだきあげようとした両手《りょうて》をサッと万歳《ばんざい》するように上げて、乳母車《うばぐるま》から二メートルは飛《と》びはなれた。そしてそのまましりもちをつく。それから、しりもちをついたまま、後ろへ後ろへと逃《に》げるように乳母車《うばぐるま》から離《はな》れていく。

「亀田《かめだ》さん、もしかして、腰《こし》ぬかしたぞ」

ショウウンジが、心配《しんぱい》そうに亀田《かめだ》さんを見てから、私《わたし》へ目をむける。その視《し》線《せん》が今度《こんど》は乳母車《うばぐるま》へむかった。

「亀田《かめだ》さん、どうしたの？」

私《わたし》は冷蔵庫《れいぞうこ》のかげでふるえている亀田《かめだ》さんと乳母車《うばぐるま》を見くらべた。

「いけません。いけません」

亀田《かめだ》さんが真《ま》っ青《さお》になって、あっちへやってくれと乳母車《うばぐるま》へ手をふる。

「何を騒《さわ》いでるのさ？」

お茶のさいそくにでも来たらしいホーライが、首をかしげる。

「赤《あか》ん坊《ぼう》が泣《な》いてるじゃないか」

ホーライは、乳母車《うばぐるま》の中をのぞきこんだ。そして、バネじかけのようにギョッと身《み》をそらせた。

「あ、赤《あか》ん坊《ぼう》って！」

次《つぎ》の言葉《ことば》が出ない。

「どうしたの？」

動物《どうぶつ》らしいから、熊《くま》の子かなぁとか思っていた。熊《くま》の子じゃなかったらしい。冬眠《とうみん》するってあとは何だろう？　私《わたし》も乳母車《うばぐるま》をのぞきこんだ。私《わたし》は悲鳴《ひめい》も出なかった。

パステルカラーのタオル地のウサギやネコのぬいぐるみの間で、チロチロと真《ま》っ赤《か》な舌《した》をのぞかせて泣《な》いているものには緑色《みどりいろ》のうろこがある。おくるみに包《つつ》まれているから見えるのは頭のあたりだけだが、ヘビのように見える。

「ヘビ！　ヘビって冬眠《とうみん》する？」

「したかね？」

ホーライも、あっけにとられた顔で、ボーッと立っている。

「大きくない？　頭なんてソフトボールぐらいあるし」

「アナコンダとかかね？」

私《わたし》もホーライも乳母車《うばぐるま》を横目《よこめ》で見ながら、泣《な》いている赤《あか》ん坊《ぼう》へ手をだせない。

「おくるみ、ピンクの花柄《はながら》だよ」

「女の子ってこったろ」

うーん、女の子かぁと思うものの、女の子でも男の子でもだきあげる勇気《ゆうき》はない。

「いけません。ヘビはいけません」

冷蔵庫《れいぞうこ》のかげで亀田《かめだ》さんがずっと青い顔でつぶやいている。ひたいにあぶら汗《あせ》がにじんでいる。よほど嫌《きら》いなのだ。そういえば、ここはカエル王子の別荘《べっそう》だ。カエルとヘビは天敵同士《てんてきどうし》じゃなかったろうか。亀田《かめだ》さんはカメっぽいからカメが人間になったのかもと、勝手《かって》に思いこんでいた。この怖《こわ》がりようは、カエルなのかもしれない。

「なんか、変《か》わった匂《にお》いがしたんだ。おいらたちみたいな毛があるものじゃないぞって感《かん》じだった。でも何かわかんなかった。ヘビかぁ」

ショウウンジは、後ろ足でつま先立って前足を乳母車《うばぐるま》のふちにかけている。それでも中をのぞくことはできない。

「ヤマネ姫《ひめ》、おいらのことだきあげて中見せてくれよ」

前足を乳母車《うばぐるま》にかけたままショウウンジがふりむいた。

「う、うん」

タヌキをだきあげて、ヘビを見せるのか――。私《わたし》が、そんなことをすることになるなんて想像《そうぞう》もしなかった。でも、ホーライの相棒《あいぼう》だものしょうがないかなと、ショウウンジをだきあげた。ショウウンジは案外軽《あんがいかる》い。

「ああ、泣《な》いてる泣《な》いてる。へビかなぁ。こんなに大きいやつみたことねぇし。鼻《はな》あっぞ」

ショウウンジは首をかしげる。鼻《はな》があったろうか？　へビにだって鼻《はな》はあるだろう。私《わたし》は赤《あか》ん坊《ぼう》をきちんと見ていない。いや、見たくない。私《わたし》は、たいていの虫や動物《どうぶつ》を平気《へいき》でさわる方だが、へビだけは苦手《にがて》だ。

「腹《はら》へってんじゃゃね。なんとか夫人《ふじん》が哺乳瓶《ほにゅうびん》がどうとかって言ってた。ヤマネ姫《ひめ》、おいらを乳母車《うばぐるま》の中におろしてくれ」

私《わたし》はこわごわショウウンジをへビの頭とは反対《はんたい》の方へ入れてやった。

ショウウンジは、前足でぬいぐるみやオモチャをかきまわしていたが、

「これじゃねぇかな」

と、哺《ほ》乳瓶《にゅうびん》をほりだした。ミルクらしいものが入っている。

それだろうとショウウンジじゃなくともわかるけど、どうしたらいい？　哺《ほ》乳瓶《にゅうびん》に手が出ない。

ショウウンジは私《わたし》とホーライをみくらべる。

「もう! はらへったって泣《な》いてんだろ! なんとかしてやれって! おいらじゃどうしようもねぇもの」

ショウウンジがどなる。どなられても、私《わたし》はなんともできそうもない。

「ホーライ、とにかく、これのませなきゃ」

と、ホーライの大きなおしりを押《お》しだした。

「哺乳瓶《ほにゅうびん》なんてさわったこともないんだよ。どうしてやったらいいのかわかんないよ」

ホーライのおしりはびくともしない。

「かわいそうだろうが! 噛《か》みつきゃしないって!」

ショウウンジがまたどなる。

「ふ、二人でやろうよぉ」

ホーライはしぶとい。

しかたがないので、私《わたし》とホーライと二人で哺《ほ》乳《にゅう》瓶《びん》をささえて、こわごわ赤《あか》ん坊《ぼう》の口へ哺《ほ》乳《にゅう》瓶《びん》の先をもっていった。私《わたし》たちの目は赤《あか》ん坊《ぼう》からすぐそれる。でも、たしかに哺《ほ》乳《にゅう》瓶《びん》の先は赤《あか》ん坊《ぼう》の口へとどいたはずだ。なのに、くわえようとしない。

「ほら、のめって！」

ショウウンジも声をかける。

赤《あか》ん坊《ぼう》は泣《な》いていた口をとじてしまって、イヤイヤをするように首をふる。

「のみたくないみたいだよ」

「あったためてやった方がよかったかねぇ」

「はらは、へってんだろ?」

私《わたし》たちは、亀田《かめだ》さんならわかるかと、冷蔵庫《れいぞうこ》にはりついている亀田《かめだ》さんを見た。亀田《かめだ》さんは相変《あいか》わらず青い顔のまま、シッシッと向《む》こうへ行けというように力なく手をふる。亀田《かめだ》さんはあてにならない。

「どうしてのまないかねぇ」

ホーライがウーンとうなる。

「これは話せるへビだよね。墓場《はかば》の城《しろ》の王様《おうさま》にこの子の親たちが頼《たの》んだんだもの」

ホーライの世界《せかい》には、もともと話せる動物《どうぶつ》がいる。

「そうだろうさ。今に話すだろうけど、まだ赤《あか》ん坊《ぼう》だからねぇ」

ホーライは、泣《な》くしかないのさと肩《かた》をすくめる。

「赤《あか》ん坊《ぼう》がもう話せるように魔法《まほう》をかけたらよくない？」

「うん！　ヤマネ姫《ひめ》、そうだよなぁ。おいらにかけたみたいに話せる魔法《まほう》をかけたらいいんだ」

ショウウンジが、うんうんと何度《なんど》もうなずく。

「なるほどねぇ。できるかねぇ」

赤《あか》ん坊《ぼう》に魔法《まほう》をかけたことはないとホーライは自信《じしん》なげだった。でも、ちょっと首をかしげて、ウィンナー・ソーセージのような人指指《ひとさしゆび》を赤《あか》ん坊《ぼう》に向《む》けてクルクルッとまわした。それだけだった。

「ネットちゃん、おなか、へった！」

かわいい声だ。ネットが名前のようだ。

「おお！」

魔法《まほう》に成功《せいこう》した！　と私《わたし》は拍手《はくしゅ》してしまった。

「だったら、これ、飲《の》めって!」

ショウウンジが哺乳瓶《ほにゅうびん》にあごをしゃくる。

「これはやなの! そろそろ離乳食《りにゅうしょく》だって、ポンパ夫人《ふじん》が言ってたでしょ」

離乳食《りにゅうしょく》? ヘビの離乳食《りにゅうしょく》? いやな光景《こうけい》が頭をめぐる。

「丸のみってやつか?」

ショウウンジの一言に、私《わたし》もホーライも乳母車《うばぐるま》から一歩後ずさってしまった。

「ヤマネ姫《ひめ》、ホーライ様《さま》、出して、出して、出してください」

まだあぶら汗《あせ》テラテラの亀田《かめだ》さんが、出て行けとシッシッと手をふる。

「敷地《しきち》の中ならなんとか我慢《がまん》いたしますが、温室《おんしつ》の中は絶対《ぜったい》いけませんです!」

私《わたし》にもホーライにも亀田《かめだ》さんの決心《けっしん》は伝《つた》わった。

ホーライは乳母車《うばぐるま》を温室《おんしつ》の外へ押《お》しだした。

8
テント生活

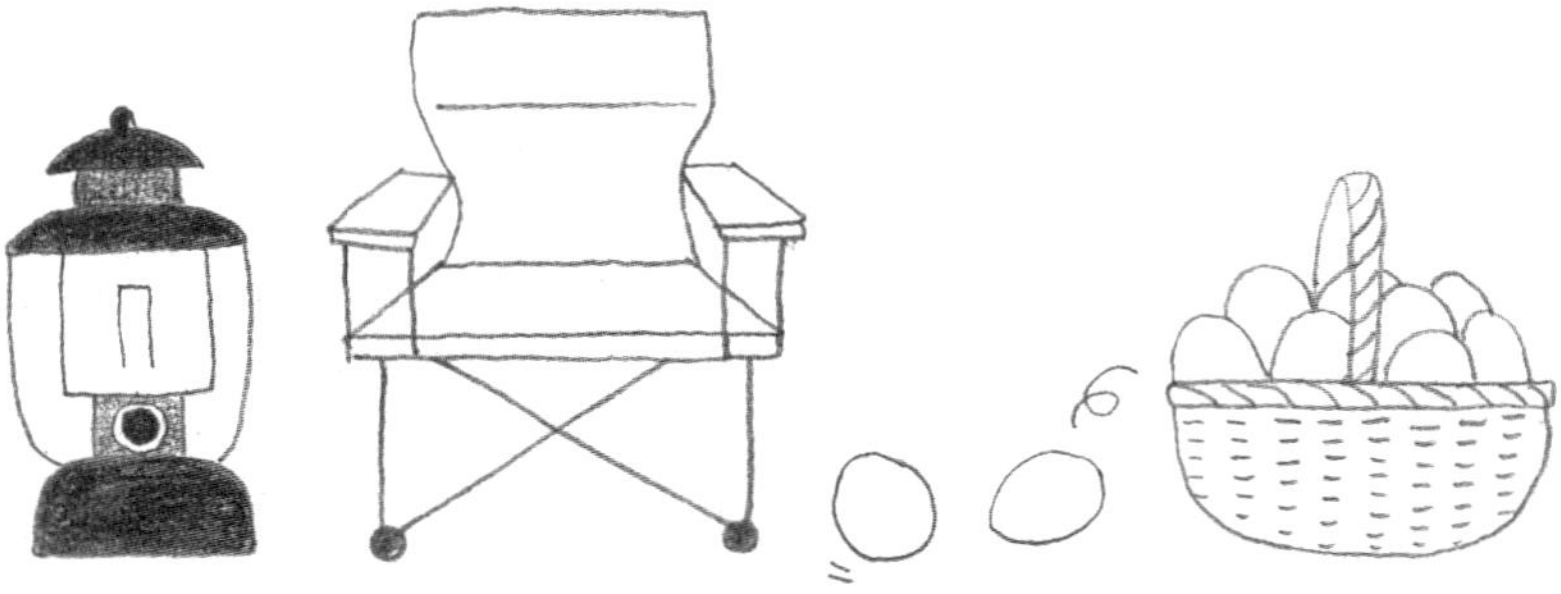

「亀田《かめだ》さんが敷地《しきち》の中ならいいって」

私《わたし》は庭《にわ》を見まわした。

「敷地《しきち》の中っていっても、野宿《のじゅく》ってことかねぇ」

ホーライが心細げにうなだれる。

「ネットちゃん、おなかへったの！」

赤《あか》ん坊《ぼう》が、乳母車《うばぐるま》をゆするいきおいで叫《さけ》ぶ。

「まってろ！　おいらがネズミでもつかまえてきてやる」

ショウウンジがなだめている。

タヌキはネズミをつかまえることができるんだろうか？　とにかく、ショウウンジがいてくれてよかったと、私《わたし》はほっとした。

「いやー、そんなの食べなーい！」

ネットちゃんが、とんでもないと乳母車《うばぐるま》をゆらす。

「エー、何を食べたいの？　そ、その、丸のみするんでしょ」

私《わたし》は、さむいぼのたつ腕《うで》を手でこすりあげた。ネズミじゃなかったら何だというのだ。

「卵《たまご》がいい！　まーるいの」

ネットちゃんがうっとりした声になった。

「もらってくる！」

卵《たまご》か！　よかった！　私《わたし》は温室《おんしつ》へかけもどった。さっき、亀田《かめだ》さんが冷蔵庫《れいぞうこ》をあけた時に卵《たまご》が並《なら》んでいたのを見た。

「亀田《かめだ》さん、卵《たまご》、ちょうだい」

まだどこかげんなりした亀田《かめだ》さんは、はいはいと冷蔵庫《れいぞうこ》のドアをあける。

「ヤマネ姫《ひめ》、申《もう》し訳《わけ》ございませんが、わたくしは、あの赤《あか》ん坊《ぼう》のそばにはいられませんのです」

亀田《かめだ》さんはすまなそうに私《わたし》を見る。

「私《わたし》たちこそごめんね。でも、なんとかあの赤《あか》ん坊《ぼう》の、ああ、ネットちゃんて自分で言ってた。その世《せ》話《わ》をしないと、ホーライが困《こま》るんだ」

「承《しょう》知《ち》しておりますですよ。でもこの温《おん》室《しつ》にヘビが入ったと聞けば、主《しゅ》人《じん》もおいやだろうと思います。そのネットちゃんとホーライ様《さま》は外でお過《す》ごしくださいませ」

亀田《かめだ》さんはかごに卵《たまご》を入れてくれて、

「テントがございますので、出しておきます」

と言ってくれた。


ネットちゃんは卵《たまご》を二個《こ》まるのみした。私《わたし》もホーライもそこは見ていない。

「おお、そんなに口開《あ》くんだぁ。卵《たまご》の殻《から》はわれねぇんだなぁ。のどにつまらねぇのかぁ」

ショウンジの実況報告《じっきょうほうこく》を眉《まゆ》をひそめながら聞いたけど――。

それから亀田《かめだ》さんが出してくれたテントを張《は》った。温室《おんしつ》から一番離《はな》れた場所《ばしょ》を選《えら》んだ。まだつぼみもない薔薇《ばら》の花壇《かだん》のそばだ。カエル王子が冒険旅行《ぼうけんりょこう》へ持《も》って行くのだろう。入り口にルーフのある大きくて立派《りっぱ》なテントで、張《は》り方《かた》がむずかしかった。ショウンジが何度《なんど》も温室《おんしつ》へ往復《おうふく》して、

「ホーライの方のひもをひっぱるんだとさ。あと、杭《くい》はしっかり打《う》てって」

とか、亀田《かめだ》さんから教えてもらった。

「ベッドもあるし、イスだってある。バーベキューセットまであるじゃないか」

焼《や》くだけにしてある食材《しょくざい》もドアの外に亀田《かめだ》さんがだしてくれる。野宿《のじゅく》を覚悟《かくご》したホーライはテント生活もまんざらではないらしい。

ネットちゃんを寝《ね》せた乳母車《うばぐるま》はルーフの入り口に引きいれた。ショウンジが一人で乳母車《うばぐるま》に入れるように、バーベキューに使《つか》う炭《すみ》の箱《はこ》をおいてやった。

テントの入り口にランタンを下げると、どこかの高原に来たみたいだ。

「ヤマネ姫《ひめ》、明日も来ておくれよ。亀田《かめだ》さんはあてになんないし。私《わたし》一人じゃ心細いよ」

ホーライが情《なさ》けない声を出す。

「でも、いちばんの目があるし、毎日来るのはむずかしいかも。亀田《かめだ》さんとの電話も無理《むり》だしさぁ。何かあった時に連絡《れんらく》がとれる伝書《でんしょ》バトみたいな魔法《まほう》ってないの？」

私《わたし》は、ホーライにだってそれぐらいの魔法《まほう》はかけられるはずだと思う。

「ウーン。はなれた所《ところ》と話ができればいいってこったろ？　ウーン、ないねぇ」

ホーライは、簡単《かんたん》に首をふった。

「もう、真面目《まじめ》に考えて！」

私《わたし》はがっくりうなだれた。

「おいらが連絡《れんらく》してやるって。ヤマネ姫《ひめ》の家も知ってるし。あそこまで走ってってやるよ」

ショウウンジがうなずく。

「だめだよ。さっきはリードにつながれてホーライといっしょだったでしょ。飼《か》い犬《いぬ》みたいに見えたから人目はひかなかったけど、ショウウンジ一人じゃつかまっちゃうよ」

私《わたし》は、とんでもないとショウウンジをにらんだ。街《まち》の中をタヌキに走らせるわけにはいかない。

「わかった。なら、おいらを伝書《でんしょ》バトに変《か》えられるか？　魔女《まじょ》だものできんだろ」

「ああ、ホーライはそれはできるよ。亀田《かめだ》さんを虫に変《か》えたことあるもの」

私《わたし》は、いい考えだとうなずきかけた。

「うーん。亀田《かめだ》さんは私《わたし》の世界《せかい》の者《もの》だからねぇ。ショウウンジはこっちの世界《せかい》の生《い》き物《もの》だろ。話ができるようにする魔法《まほう》はかけられたけど、姿《すがた》を変《か》える魔法《まほう》はどうだろう？　ちょこっとレベルがあがるわけだし」

姿《すがた》を変《か》える魔法《まほう》はむずかしいらしい。ホーライは自信《じしん》なげに眉《まゆ》をよせる。

「私《わたし》も姿《すがた》を変《か》える魔法《まほう》をかけてもらうのは無理《むり》？」

私《わたし》が通ってくる時だけ何かになるっていう方法《ほうほう》もあると思っていた。塀《へい》をとびこえられるもの。やっぱりハト？　どうせなら、タカとかワシの猛禽類《もうきんるい》がいいかな。一度《ど》、鳥になって空を飛《と》んでみたい。

「かけられるかもしれないけど、元にもどせるかねぇ」

ホーライはウーンとうなる。

「一生伝書《でんしょ》バトはやだ」

私《わたし》だって一生鳥はいやだ。私《わたし》とショウウンジはうなずきあった。ショウウンジはタヌキがいいらしい。でも私《わたし》は、ショウウンジが人間の男の子になったところを見てみたいと思っていた。

「とにかく、ショウウンジが出かけるのはだめだよ。ショウウンジがいない間、誰《だれ》がこの赤《あか》ん坊《ぼう》の世話《せわ》をするのさ？　私《わたし》はできないよ」

ホーライは、短《みじか》い時間でもとんでもないとブンブンと首をふる。

「どうしたいわけ！」

「どうすりゃいい！」

私《わたし》とショウウンジの声がそろった。

「おこんなくてもいいじゃないか。とにかく、ショウウンジはここにいておくれよぉ。ネットちゃんとやらと二人っきりはやだよ」

ホーライは情《なさ》けない目つきでショウウンジを見る。ショウウンジが、しょうがないとあきらめたのがわかった。タヌキでもそうなのだ。私《わたし》もショウウンジも、どういうわけかホーライを見捨《みす》てることはできない。私《わたし》は、その気持《きも》ち、わかる！　とショウウンジの肩《かた》に手をおいた。

「明日も来ておくれよ。絶対《ぜったい》だよ」

と私《わたし》は約束《やくそく》させられた。

私《わたし》は忍者《にんじゃ》になったつもりで壁《かべ》にはりつきながらこそこそと帰った。公園へ入った時は、いちばんに見つからなかったとほっとした。

次《つぎ》の日、ランドセルを家へおいてすぐ、カエル王子の別荘《べっそう》へ行こうと公園を横切《よこぎ》っていた。金曜日だからいちばんは家にいるかもしれない。でも、いちかばちか見つからない方へかけたつもりだった。なのに、

「よう！」

と声をかけられて、ちょっと間《ま》があいて、

「室井《むろい》！」

と言う。飛《と》びあがってしまった。目の前にいちばんがいた。

あの間《ま》は、ヤマネ姫《ひめ》と言いかけたのではないかと後ずさりたい。

「そんなに驚《おどろ》くか！」

めがねの奥《おく》の目がキラッと光った気がした。

「と、突然《とつぜん》だったし――」

「どこ行くのさ？」

「う、あ、あの、ちょっと。私《わたし》だってこっちに用があることあるもの」

私《わたし》はかけだしていた。途中《とちゅう》ふりむくと、いちぼんは公園の反対側《はんたいがわ》へ抜《ぬ》けて行く。走ればカエル王子の別荘《べっそう》へ入るところは見られっこない。私《わたし》は必死《ひっし》で走った。

ホーライが昼寝《ひるね》をしているテントの前へ、私《わたし》は息《いき》をきらせて、よろよろとかけよった。

「だめよ！　毎日は来られない。いつかは、いちばんに見つかってしまう。ここに来なくても様子《ようす》がわかるように何か方法《ほうほう》を考えなきゃ！」

私《わたし》が言う前に、

「そんな魔法《まほう》はないよ」

とホーライが首をふる。

「何かあるって！　壺《つぼ》だってあったし。よーく考えて！　ズームみたいなのよ」

と言ってもホーライもショウウンジも首をかしげる。

「テレビ電話、ああ、同じか。ええと、『鏡《かがみ》よ鏡《かがみ》』みたいなの。かえってわかんないか」

「ああ、白雪姫《しらゆきひめ》の鏡《かがみ》だね！」

意外《いがい》なことに、ショウウンジだけでなくホーライもすぐうなずいた。

「白雪姫《しらゆきひめ》、知ってる？」

「そりゃ知ってるとも。白雪姫《しらゆきひめ》の城《しろ》っていったら私《わたし》の世界《せかい》じゃ有名《ゆうめい》な所《ところ》さ。観光客《かんこうきゃく》がわんさか集《あつ》まってるよ」

「へぇー、あるの？　どんなとこ？」

毒《どく》リンゴがゴロゴロして、小人が洞窟《どうくつ》で穴《あな》をほってて――」

「ヤマネ姫《ひめ》、今、そんなこと話してる場合じゃねぇ」

ショウウンジがチィと舌《した》をならす。

「ああ、そうだね。ごめん。その鏡《かがみ》みたいなやつよ」

「ああ。あんなのならできるよ。お互《たが》いの顔がうつって、話ができるってこったろ」

ホーライが大丈夫《だいじょうぶ》だとうなずく。

「白雪姫《しらゆきひめ》の鏡《かがみ》みたいな大きなのはだめだよ。持《も》って歩ける方がいいから手鏡《てかがみ》。

小さい鏡《かがみ》かな？」

ここに鏡《かがみ》を二つ魔法《まほう》で出してと、私《わたし》が両手《りょうて》をさしだした。

「だめだよ。魔法《まほう》で鏡《かがみ》を出して、話ができるようにそれにまた魔法《まほう》をかけるなんて、できないよ。一つの物《もの》に二種類《しゅるい》の魔法《まほう》をかけるのは難《むずか》しいんだよ」

ホーライの口がとんがる。

「他《ほか》の魔女《まじょ》はできるんだよね」

いじわるくつけたさずにはいられない。

「そ、そりゃ、大魔女様《おおまじょさま》ぐらいになればねぇ」

ホーライの目はおよぐ。

私《わたし》はうなだれて、温室《おんしつ》の亀田《かめだ》さんに鏡《かがみ》をもらいにいった。

「手鏡《てかがみ》でございますか？　男所帯《おとこじょたい》でございますから、鏡《かがみ》はございますが、小さな持《も》ち運《はこ》べるような鏡《かがみ》はございませんのです」

亀田《かめだ》さんがすまなそうだ。

私《わたし》の家に帰れば手鏡《てかがみ》はある。でも、それを持《も》ってまたここへ来る途中《とちゅう》でいちぼんに出くわすかもしれない。今日中に何か方法《ほうほう》をみつけたかった。

「ホーライ様《さま》が焼《や》きマシュマロにもあきたとおっしゃったそうなので、プリンを作りました」

亀田《かめだ》さんはプリンの入ったバスケットをわたしてくれた。

「マシュマロはあきるぐらい食べたわけね」

とプリンをテーブルにならべた。銀色《ぎんいろ》のスプーンをホーライにわたそうとして気がついた。みがきあげられたスプーンに私《わたし》の顔が映《うつ》っていた。

「亀田《かめだ》さーん！」

私《わたし》は温室《おんしつ》にかけもどった。

「ヤマネ姫《ひめ》、食べようよ！」

ホーライが叫《さけ》んでいた。

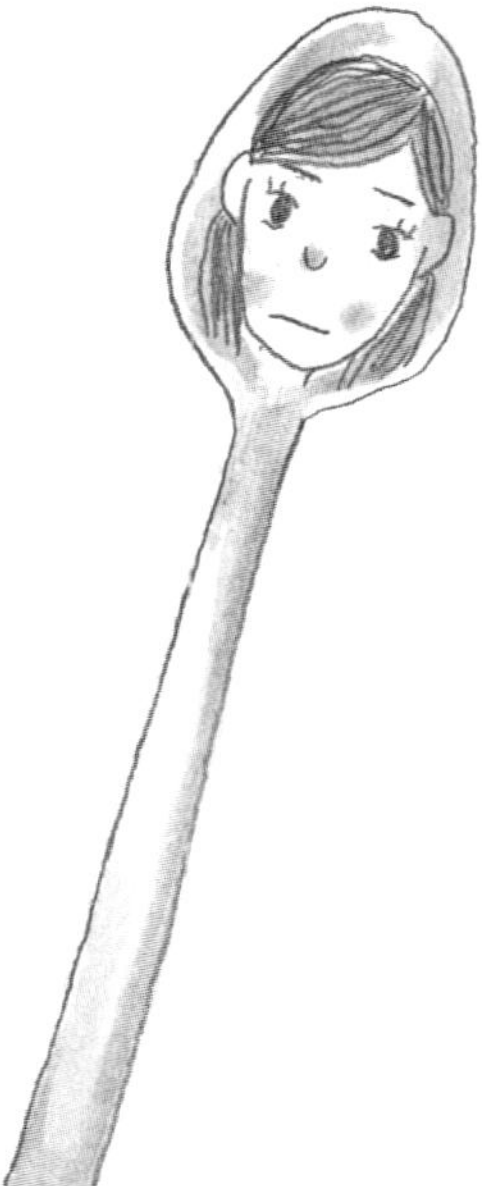

私《わたし》は温室《おんしつ》の台所《だいどころ》からカレー用のスプーンを二本かりた。顔の写《うつ》りはどうでも、ホーライと話ができたらいい。

ホーライはスプーンに魔法《まほう》をかけた。お互《たが》いのゆがんだ小さな顔を見て、

「毎日何回かこれで連絡《れんらく》するから」

と、家に帰りぎわホーライと約束《やくそく》した。

「頼《たの》んだよ」

ホーライは心細げに手をふったものの、すぐさまバーベキューコンロへかがみこむ。手にはおおぶりのステーキ肉の串《くし》があった。

ため息《いき》がでた。

9

ショウウンジ保育園《ほいくえん》

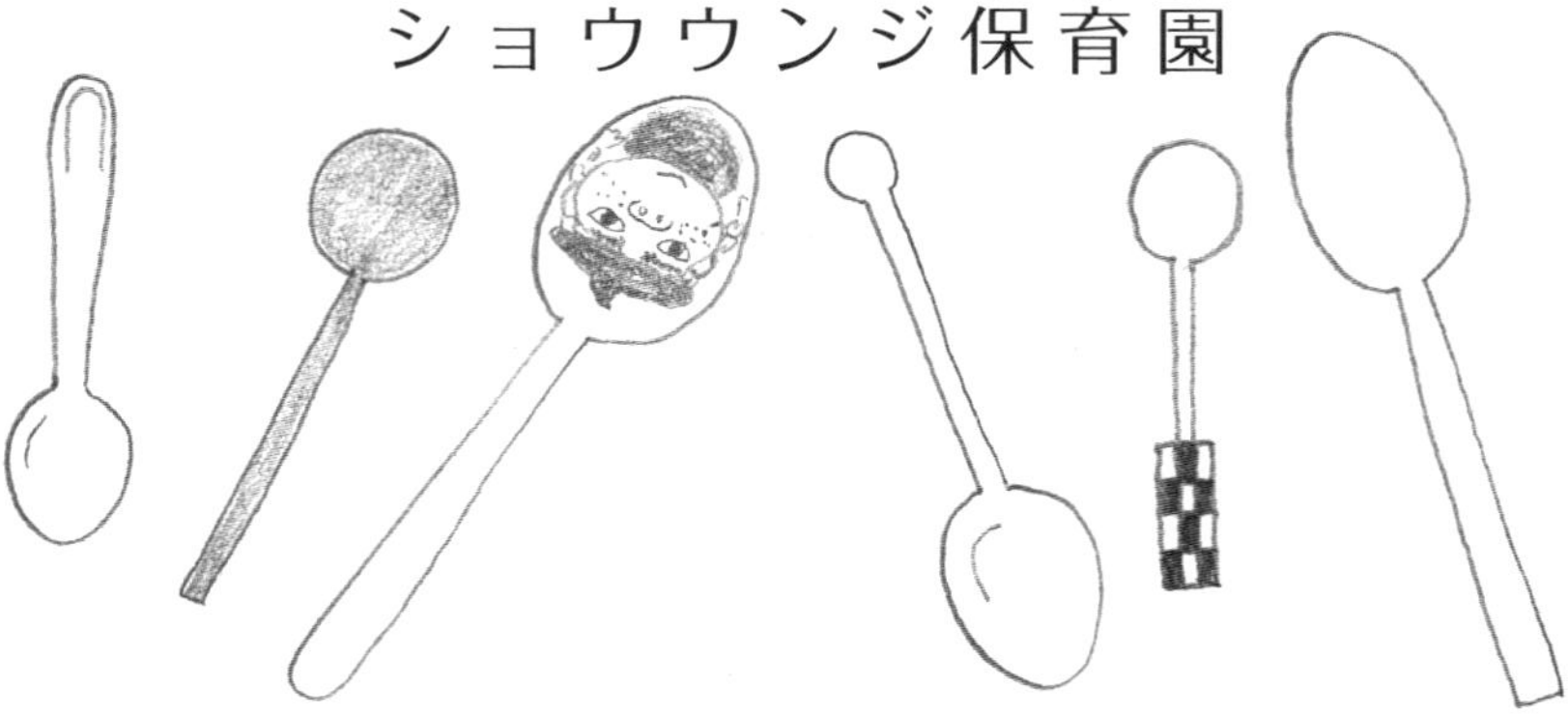

いちぼんの気配《けはい》はないとそそくさと家に帰った。

そして、

「ホーライ、ホーライ」

とスプーンのへこんだ方に向《む》かって呼《よ》んでみた。

私《わたし》の顔が逆《さか》さまだ。反対《はんたい》にするとなんとかうつる。

私《わたし》の顔ってこんな？　と思う。ちょっとまのびしてみえる。でもマイクみたいな感《かん》じで、そう違和《いわ》感《かん》はない。

「はいよ。ヤマネ姫《ひめ》。バーベキューはやっぱり肉だね。ヤマネ姫《ひめ》にも今度《こんど》食べさせてやるよ」

返事《へんじ》はすぐあった。串《くし》に刺《さ》した肉にかぶりついているホーライが小さく映《うつ》る。

「変《か》わりないよね」

私《わたし》にも食べさせたいと言ってくれるところが、ホーライのいいところだと思おう。

「おう。ネットは寝《ね》ちまった。亀田《かめだ》さんが、朝晩《あさばん》は冷《ひ》えるからって、おいらに毛布《もうふ》をだしてくれたんだ。おいら、うれしくって――」

ショウウンジのはずんだ声がする。

「よかったねぇ、ショウウンジ。明日も今頃《いまごろ》と、そうだなぁ。朝なるべく早くスプーン電話するから。学校に行ってる間に何かあったら、緊急事態《きんきゅうじたい》だって亀《かめ》田《だ》さんに相談《そうだん》してね」

姿《すがた》は見えないけど、ショウウンジだけが頼《たよ》りだ。

「まかせとけ！」

ショウウンジはたのもしかった。

それから毎日朝と夕方にスプーンをにぎった。変《か》わりはないらしい。ホーライはすっかりネットちゃんの世話《せわ》をショウウンジにまかせて、自分は食べるか寝《ね》るかの生活のようだ。テント生活にもあきて、温室《おんしつ》で亀田《かめだ》さんに料理《りょうり》をしてもらったり、温泉《おんせん》の素《もと》が入ったお風呂《ふろ》につかったりしている。

何度《なんど》呼《よ》んでもテントにホーライがいなくて、ほっぽりだしてあるスプーンをショウウンジがさがしたりした。

「何か布《ぬの》みたいなカーキ色がうつってる」

「おお、みつけた。イスの下におっこちてた」

ショウウンジの顔がうつった。鼻《はな》が長いとハンサムだ。たまにネットちゃんの顔もチラッと見せてもらった。ホーライもイヤイヤなのでほんの数秒《すうびょう》だ。鼻《はな》があった。顔がゆがんで長く見えた。スプーンのうらにはみんな長くうつる。

学校にもスプーンをランドセルにしのばせて持《も》っていった。

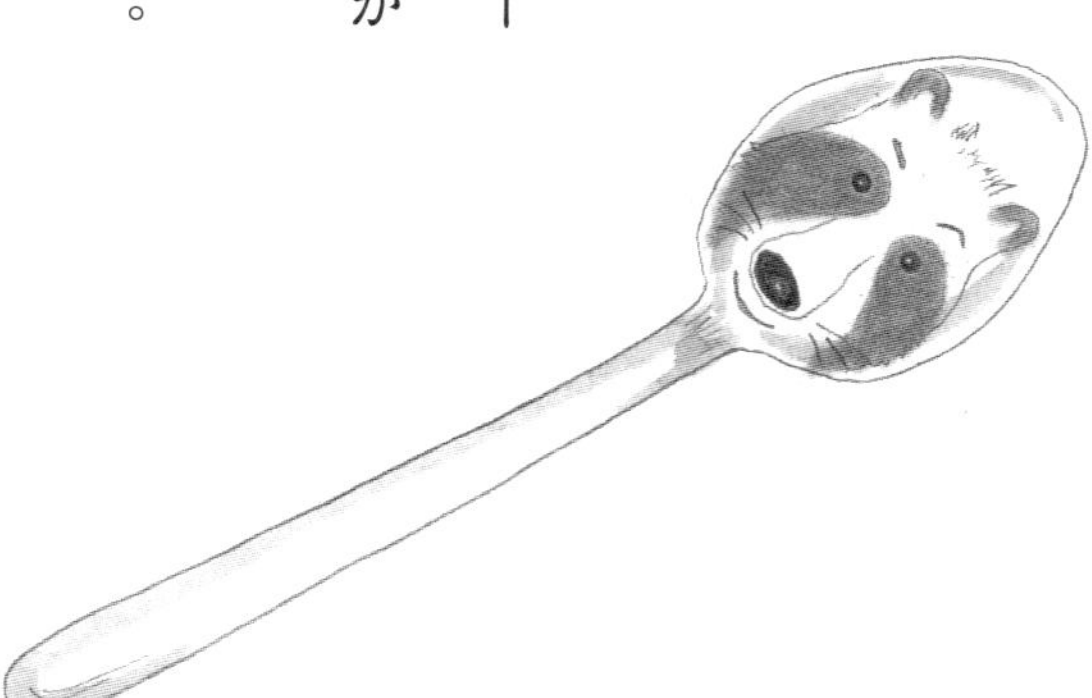

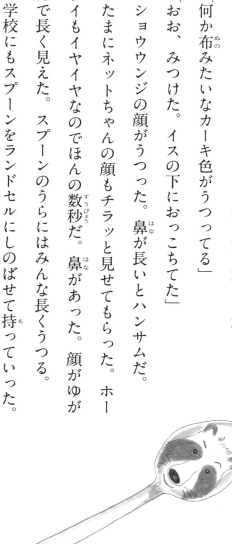

無事《ぶじ》一週間がすぎ、次《つぎ》の水曜日にカエル王子の別荘《べっそう》へ行くことができた時は、ほっとしていた。

まず温室《おんしつ》に顔をだした。やっぱりホーライはおやつの真《ま》っ最中《さいちゅう》で、チョコレート・フォンデュで口のまわりをチョコだらけにしていた。

「亀田《かめだ》さんがこの機械《きかい》を買ってくれたんだよ。ごらんよ。まるでチョコの滝《たき》だよ。面白《おもしろ》いしおいしいし。ヤマネ姫《ひめ》も食べな。バナナもいいけどイチゴもまたいいんだよ。カステラもチョコまみれだよ」

ホーライが、はやくこい！　と手まねいてくれる。

「もう、亀田《かめだ》さん、甘《あま》やかさないで」

私《わたし》が怖《こわ》い顔をすると、

「いいえ。わたくしも街《まち》で見かけて、やってみたいと思っていたのでございます。主人《しゅじん》も甘《あま》い物《もの》は大好《だいす》きでございますし」

亀田《かめだ》さんは串《くし》にさしたイチゴをわたしてくれる。

イチゴにチョコをからめて口へほうりこんで、おいしいとうなずいてから、

「やだ。ショウンジとネットちゃんを見にいかなきゃ」

私《わたし》はあわてた。ホーライのノーテンキさに私《わたし》まで巻《ま》きこまれるわけにはいかない。

「ショウンジは赤《あか》ん坊《ぼう》の世《せ》話《わ》をよくしてくれるんだよ。さっきは子守歌《こもりうた》まで歌ってやってた」

タヌキは子守歌《こもりうた》までうたえるのか！

「もう。全部《ぜんぶ》おしつけて、自分はさぼってばっかり！　とにかく、見てくる」

私《わたし》はテントへ向《む》かった。

「ショウンジ！」

と呼《よ》ぶと、

「シーッ、ネットが今寝《ね》たとこだ」

とショウンジがテントから出てきた。

「ごめんね。ホーライ、さぼってばっかりで。みんなショウウンジにさせてるんじゃないの」

「卵《たまご》の入ったかごを乳母車《うばぐるま》の中に入れることはすんぞ」

「それだけ？」

「まあ、ネットを見るのも怖《こわ》いらしいから、しょうがねぇけどな」

私《わたし》も、あまりネットちゃんを見たいわけでもない。今日も、寝《ね》ていてくれてよかった。乳母車《うばぐるま》をのぞくつもりはない。

「変《か》わりはないの？」

「ああ、というか、ネットは大きくなったぞ。泣《な》き声《ごえ》もそのぶん大きくなった。ビエーンって、あたりをふるわすぐらいに泣《な》くぞ。今は、おくるみにくるまってないな。おいら、アナコンダって知らないけど、ネットはそれか？　顔もちょっと長くなった」

「えー、どうしよう？　ベビー服《ふく》とかいる？」

自分で言ったのに、ヘビのベビー服《ふく》ってあるのだろうかと首をかしげた。

「いらねぇんじゃね。もう、乳母車《うばぐるま》の底《そこ》ぐらいの大きさになってんぞ。ぬいぐるみやオモチャはじゃまだから出した」

「え、えー。そんなにぃ。どうする？」

「そろそろ自分で乳母車《うばぐるま》から出てこられるんじゃねぇかな。こうやってかな？」

ショウウンジが身《み》をくねらせる。

アナコンダだろうが何だろうが、あまりに成長《せいちょう》が速《はや》いような気がするが、ちがう世界《せかい》の生《い》き物《もの》だからなのだろう。

ヘビがこの庭《にわ》をはいまわることになったら、亀田《かめだ》さんは、さぞいやだろうと私《わたし》はうなだれてしまった。

温室《おんしつ》へ帰ってホーライと亀田《かめだ》さんに相談《そうだん》する。

「ベビーサークルのようなものをテントのまわりに置《お》く？」

私《わたし》は、それが一番よさそうだと思った。

「ベビーサークルって何だい？」

ホーライが首をかしげる。

「ネットちゃんが、あまり遠くへはいまわらないように柵《さく》をつくるの」

「それしかございませんでしょうね。庭《にわ》いじりをする私《わたし》から中が見えないように高い頑丈《がんじょう》な塀《へい》がよろしいかと」

亀田《かめだ》さんが、ああ、いやだというように身《み》ぶるいする。

「ふーん。塀《へい》か？　別荘《べっそう》のまわりにあるようなやつかい？」

ホーライが、塀《へい》へ頭をめぐらす。

「はい。あのようなものでございます」

「もう少し、かわいらしくてもいいじゃない。ほら、幼稚園《ようちえん》の柵《さく》みたいな」

「いいえ。わたくしからは見えない高さでお願《ねが》いいたします。あ、それに、まちがって這《は》い登《のぼ》ったりできないようにツルツルした頑丈《がんじょう》な塀《へい》にしてくださいまし」

私《わたし》と亀田《かめだ》さんの意見《いけん》では、亀田《かめだ》さん優先《ゆうせん》だ。

「わかったよ。塀《へい》をだしゃいいんだね」

ホーライは、テントの方へ出ていく。私《わたし》もついていった。

ホーライは簡単《かんたん》にテントのまわりに、別荘《べっそう》のまわりと同じ高さの真《ま》っ白《しろ》い塀《へい》をめぐらせた。

「入り口つけなきゃ」

私《わたし》がここいらに、と指《ゆび》さすとそこに殺風景《さっぷうけい》な木のドアをつけてくれる。

「もう、女の子なんだから、塀《へい》の壁《かべ》をピンクにするとか、お花やかかわいい動《どう》物《ぶつ》の絵とかつけてよ。ドアだって赤い色とかさ」

「いいよ。これで、充分《じゅうぶん》だよ」

ホーライはめんどくさそうに肩《かた》をすくめる。

「ヤマネ姫《ひめ》、今度《こんど》来た時に壁《かべ》に何か書いてやったらいいさ」

ショウウンジが、私《わたし》を見あげる。

「絵に自信《じしん》はないけど、がんばってみる」

私《わたし》はうなずいた。

「ネットちゃんは、このまま、大蛇《だいじゃ》になるまでいらっしゃるのでしょうか？」

いくら塀《へい》で囲《かこ》っても、亀田《かめだ》さんは不安《ふあん》なようだ。

「そうだね。そのばば様《さま》とかがいつ頃《ごろ》目をさますか、墓場《はかば》の城《しろ》へ様子《ようす》を聞きに行ってくるよ」

ホーライは、そのままとなりの部屋《へや》へ行くように、ひょいと姿《すがた》を消《け》した。ちがう世界《せかい》を行ったり来たりする魔法《まほう》は得意《とくい》なようなのに、私《わたし》からすれば簡単《かんたん》そうな魔法《まほう》はどうしてかけられないんだろうと、ため息《いき》がでる。思いは同じだったらしい。

「それがホーライ様《さま》なのでございますねぇ」

亀田《かめだ》さんもつぶやいた。


亀田《かめだ》さんにガトーショコラの作り方を教えてもらった。生地《きじ》をねってオーブンへ入れて、「まあ、四、五十分焼《や》けばできあがりますです」

と、亀田《かめだ》さんがオーブンの扉《とびら》を閉《し》めたら、ホーライが帰ってきた。

「何焼《や》いてるんだい？」

と、すぐオーブンをのぞきこむ。

「まだ、焼《や》けてないって。それより、どうだった？」

「ああ、ばば様《さま》のお目ざめは、あと少しだろうって墓場《はかば》の城《しろ》の王様《おうさま》が言ってたよ。こっちの世界《せかい》ではあと二十日ぐらいだろうかねぇ」

それを聞いて一番喜《よろこ》んだのは亀田《かめだ》さんだ。

「目ざめたら知らせてくれるってさ」

「どうやって？」

私《わたし》と亀田《かめだ》さんが同時につぶやいた。

「あの城《しろ》に城付《しろづ》き魔女《まじょ》はいないしねぇ。どこかの大魔女様《おおまじょさま》に頼《たの》むんだろうさ」

「頼《たの》むって、こっちの世界《せかい》にホーライじゃない魔女《まじょ》が知らせに来るの？」

「大魔女様《おおまじょさま》は、知らせにだけ来たりしなよ。何か、ああこれがそうだ！って
わかることが起《お》こるって」

すぐわかるからとホーライは、のんきにうなずく。

「こっちの世界《せかい》で？　どんなことが起《お》こるの？」

「私《わたし》にわかるはずないだろ。墓場《はかば》の城《しろ》がどこの大魔女様《おおまじょさま》に頼《たの》むかわからないん
だから。でも、ああ、知らせが来たって私《わたし》にはわかるって」

ホーライは自信《じしん》たっぷりにうなずく。

私《わたし》と亀田《かめだ》さんは顔を見あわせたものの、大丈夫《だいじょうぶ》らしいと納得《なっとく》することにし
た。

10

お知らせが来た！

あれから三回目の水曜日、私《わたし》はカエル王子の別《べっ》荘《そう》へ行こうと家を出たところだった。

ネットちゃんは、きつきつになった乳母車《うばぐるま》でとぐろを巻《ま》いているだけで、地面《じめん》をはいまわったりはしていない。祥雲寺《しょううんじ》が保育園《ほいくえん》もしているので、ショウウンジは保育士《ほいくし》さんをよく見ていたらしい。歌もうたうし、むかしむかしと昔話《むかしばなし》も上手に語る。不思議《ふしぎ》な壺《つぼ》に吸《す》いこまれて、ホーライに話せるように魔法《まほう》をかけてもらったと、面白《おもしろ》おかしく話してやったりする。ネットちゃんがショウウンジのまねをして「おいら」と自分のことを言うようになると、「私《わたし》って言うんだぞ」と叱《しか》ったりする。

「幽霊《ゆうれい》よりタヌキの方がベビーシッターにむいて

るんじゃないかねぇ」

ホーライは自分が何もしなくてもいいので満足《まんぞく》げだ。

私《わたし》は、絵がへたなのだが、亀田《かめだ》さんが塀《へい》に絵を描《か》くためにアクリル絵の具《ぐ》を買ってくれた。ウサギらしきものとバンビらしきものが塀《へい》に描《か》きあがっていた。

今日は、萌《もえ》ちゃんから『かわいい動物《どうぶつ》の描《か》き方《かた》』という本をかりてある。その本を参考《さんこう》にタヌキを描《か》こう。ネットちゃんよりショウウンジが喜《よろこ》ぶかもしれない。喜《よろこ》ぶかな？　とほほがゆるんだ。

マンションを出て広い通りへ出たとたん、あたりが暗《くら》くなった。そういいお天気の日ではなかったけど急《きゅう》に黒い雲がかかる。その雲が紫色《むらさきいろ》に光ったと思ったら、そこから稲妻《いなずま》が落《お》ちた。それからド、ドーンとあたりをゆるがす音がする。そして氷《こおり》の粒《つぶ》がパチパチ音をたてて落《お》ちてくる。

「キャー、雹《ひょう》よ！　痛《いた》い！」

「天気予報《よほう》で雹《ひょう》が降《ふ》るなんていってなかった！」

歩道にいた人たちが、雹《ひょう》をさけて近くのお店の軒先《のきさき》にかけこむ。私《わたし》もパン屋《や》さんの軒先《のきさき》に飛《と》びこんだ。

「春先って雹《ひょう》が降《ふ》ったりするけど、何これ、大きいこと！」

私《わたし》のとなりにいたおばあさんが、足元の雹《ひょう》をひろいあげる。おばあさんの小《こ》指《ゆび》の先ほどもある。

「あら、きれいですね。作ったみたいな球形《きゅうけい》。宝石《ほうせき》みたいです」

おばあさんの手もとをのぞきこんだおばあさんが声をあげる。

「こんなの初《はじ》めて見ましたよ」

本当にきれいだ、まるで誰《だれ》かが作ったみたいだ。そこまで思って、私《わたし》は軒先《のきさき》からかけだしていた。

「大丈夫《だいじょうぶ》？　まだ降《ふ》ってるわよ」

おばあさんが叫《さけ》んでいるが、返事《へんじ》をする余裕《よゆう》がない。

これは、絶対《ぜったい》、向《む》こうの世界《せかい》からのお知らせだ。ばば様《さま》が目ざめた。ホーライじゃなくともわかる！　雹《ひょう》は冷《つめ》たい！　墓場《はかば》の城《しろ》の王様《おうさま》は、もしかして大魔《おおま》女様《じょさま》の雪《ゆき》の角《つの》に、知らせの魔法《まほう》をかけてくれるように頼《たの》んだのかもしれない。公園を横切《よこぎ》ろうとしたあたりで雹《ひょう》はやんだ。そのかわりのように私《わたし》のトートバッグから、

「ヤマネ姫《ひめ》、ヤマネ姫《ひめ》」

とホーライの声がする。スプーン電話だ。私《わたし》は、嫌《いや》な予感《よかん》がした。

「どうしたの？　雹《ひょう》がお知らせでしょう？」

「ああ、私《わたし》もそう思うよ。そんなことより、ネットがいないんだよ！」

「はやく来て！」

ホーライだけではなくショウウンジまでパニックをおこしている。

「エーッ！　もうすぐ着《つ》くから、入り口の扉《とびら》、あけといて！」

私《わたし》はかけだした。

あけてある扉《とびら》からまっすぐにベビーサークル代《が》わりの塀《へい》の中へとびこんだ。

「ヤマネ姫《ひめ》、ネットがいないんだよ！」

ホーライが青くなっている。

「おいらが、ちょっと目をはなしたすきだったんだ」

ショウウンジがうなだれる。

「しょうがないよ。お昼ごはんの後はいつも、お昼寝《ひるね》するからさ」

ホーライがなぐさめている。

お昼ご飯《はん》の後、ショウウンジはネットちゃんがお昼寝《ひるね》していると思い、自分もうとうとしていたらしい。十分ほど前に目がさめたらネットちゃんがいなかったそうだ。

「いないって？　だって、塀《へい》で囲《かこ》ったんだよ」

「ああ、ここのドアもしまったままだったよ」

ホーライと私《わたし》は、大人の背《せ》より高い塀《へい》と横《よこ》だおしになった乳母車《うばぐるま》をみくらべた。

「やだ、いるじゃない」

乳母車《うばぐるま》にいつもの緑《みどり》のうろこが見える。きちんとさがさないでさわがないでよ！　と口をとがらせようとする私《わたし》に、

「皮《かわ》だけなんだよぉ。脱皮《だっぴ》ってやつだろう。きっと、いなくなる前に脱皮《だっぴ》したんだよ」

とホーライが首をふる。

「おいらも、気がつかなかったんだ」

ショウウンジもうなだれる。

「脱皮《だっぴ》って、えー、あー、そうか。ヘビって脱皮《だっぴ》するんだぁ」

クタクタと地面《じめん》にすわりこんでしまいたい。でも、そんなことをしているひまはない。

「脱皮《だっぴ》したって、どこかにいるはずよ。どこへも行けっこないし」

ベビーサークルがわりの塀《へい》の外へ出たはずがないと思いながらも、花壇《かだん》の草花のかげまでさがす。体長はショウウンジより大きくなっているのだから、隠《かく》れるところなどないはずだ。

温室《おんしつ》の戸はいつもしめている。しっかり鍵《かぎ》をかけた亀田《かめだ》さんが、中から叫《さけ》んでくれた。

「温室《おんしつ》の中にはいらしてません!」

やはり、どこにもいない。

「ヤマネ姫《ひめ》、どうしよう?」

ホーライは情《なさ》けない顔でおろおろしている。

「どこへいっちゃったんだろ？　迷子《まいご》だって警察《けいさつ》に頼《たの》むわけにもいかないし——」

こんな時は誰《だれ》にさがしてもらったらいいんだろうと考えて、

「ネットちゃんをさがす、魔法《まほう》ってないの？」

私《わたし》はホーライに飛《と》びついて肩《かた》をゆすった。

魔女《まじょ》がいるじゃないか！　すぐそのことを忘《わす》れてしまう。

「あるはずないだろ！」

ホーライは肩《かた》をすくめる。

「よく考えて。何かを呼《よ》びだすことはできるじゃない。名前もわかっているんだし」

「そりゃ、ネット出てこい！　の魔法《まほう》はかけられるともさ」

なんとかなりそうだと私《わたし》はほっとしかけた。

「でも、ネットって網《あみ》のことだよ」

ホーライは、この世《よ》にあるネットがみんな出てくることになると言っている。

「ヘビのネットちゃん、出てこいならどうよ！」

私《わたし》はだんだん腹《はら》が立ってきた。あれもできない、これもできないじゃ、どうしたらいい？

「そりゃ、かけられるかもしれないけど、他《ほか》のヘビかもしれないだろ」

「ネットちゃんなんて名前のヘビがそう何匹《なんびき》もいるはずない！　とにかく、やってみて！」

私《わたし》が怒《おこ》っているので、ホーライは少しふてくされ気味《きみ》に、ハイハイとうなずいた。

「ホーライ、がんばれ！」

ショウンジは旗《はた》がふれるなら、応援《おうえん》の旗《はた》でもふりたそうだ。

その時、またあたりが暗《くら》くなった。

「アーッ!」

私《わたし》たちは、空を見あげて、すぐお互《たが》いの顔をみあわせた。

雷《かみなり》が落《お》ち、すぐさま雹《ひょう》が降《ふ》りだす。

「大変《たいへん》だ! 帰ってこないから、さいそくしてるよ。どうしよう?!」

ホーライはもう泣《な》きだしそうになりながら、必死《ひっし》の顔で呪文《じゅもん》をとなえだした。

「ヘビのネットちゃん出てこい」ともごもご口をうごかしている。

さっきの雹《ひょう》から数十分しかたっていないが、向《む》こうの世界《せかい》にしたら二、三日たっていたりするかもしれない。どうして帰って来ない! と怒《おこ》りだしたようだ。

雹《ひょう》は容赦《ようしゃ》なく降《ふ》りつづく。体にあたって痛《いた》いけど、かまっていられない。なのに、ネットちゃんは現《あらわ》れない。他《ほか》のヘビさえ出てこない。

「真面目《まじめ》に魔法《まほう》をかけて！」

「真面目《まじめ》にかけてるよぉ。どうしよう？　待《ま》ちくたびれて向《む》こうから迎《むか》えが来るかもしれない。ネットちゃんがいないなんてわかったら、私《わたし》はきっと生きていられないよ。大蛇《だいじゃ》にしめころされるのかねぇ」

ホーライの体がちぢんだように見える。亀田《かめだ》さんが言うとおり、命《いのち》を預《あず》かるなど大それたことだった。簡単《かんたん》に考えすぎた。私《わたし》は、あやまってもあやまりきれないことをしたと、うなだれてしまった。

雹《ひょう》の塊《かたまり》が一気にはじけて雪に変《か》わった。待《ま》っていられない！　と言う声が聞こえるようだった。その雪が渦《うず》を巻《ま》く。カエル王子の別荘《べっそう》の庭《にわ》を雪が竜巻《たつまき》のようになってチューリップやスミレやヒヤシンスの花びらをまきこんで吹《ふ》き荒《あ》れる。真《ま》っ白《しろ》な雪に赤や黄色やオレンジや紫《むらさき》の花弁《はなびら》がまざる。すごくきれいだ。でも、さいそくしているだけではない。怒《おこ》っているとわかった。

「私《わたし》の孫《まご》はどこかね！」

突然《とつぜん》、ガサガサした声がひびきわたった。雪の渦《うず》の中に大きなものが現《あらわ》れた。温室《おんしつ》ほどもある。

私《わたし》もホーライもショウウンジも、あんぐり口をあけてしまった。

孫《まご》っていった。ネットちゃんのばば様《さま》だ。でも、へビじゃない。緑色《みどりいろ》のうろこのある体だけど、足四本、しっぽは長い。そ、それに翼《つばさ》がある。

「ド、ドラゴン――」

ばば様《さま》の体を下から見あげていった私《わたし》たちは、そのままそっくり返《かえ》ってしりもちをつきそうだ。

ホーライの魔法《まほう》がきかないはずだ。へビのネットちゃんではなく、ドラゴンのネットちゃんを呼《よ》びださなければいけなかった。

「ドラゴネットはどこだい?!」

ばば様《さま》の金色の目が私《わたし》たちをつきさす。孫《まご》に何かあったら、ただじゃおかない！　と言っている。

ドラゴネットが正式《せいしき》な名前だ。最初《さいしょ》から知っていたら、こんなに大変《たいへん》な思いはしなかったと悔《くや》しい。

とにかく、あやまろう。私《わたし》は、ふるえながら息《いき》をすいこんだ。それから、さがさなきゃ!

その時、塀《へい》の外から声が聞こえた。この声は——。あいつの声だ!

そのすぐ後、

「おばあちゃま!」

と、ネットちゃんの声がして、外の塀《へい》を小さな翼《つばさ》でとびこえて飛《と》んでくるものがいる。

私《わたし》たちはまた、あんぐり口をあけた。もう、あごがはずれそうだ。飛《と》んできたのはネットちゃんだ。ショウウンジの倍《ばい》ほどの大きさだけど、足も翼《つばさ》もしっぽもある。ネットちゃんは脱皮《だっぴ》してドラゴンの姿《すがた》になったらしい。翼《つばさ》で飛《と》んでいるが、まだふらつくみたいだ。

「おお、ドラゴネット！　大きくなったねぇ。なかなか帰ってこないから、雪の角に頼《たの》んで迎《むか》えにきたんだよ」

ばば様《さま》が長い首をしならせてネットちゃんにほおずりをする。

「長居《ながい》しないようにと言われて来たんだ。私《わたし》じゃ、こっちの世界《せかい》では目立ってしょうがないそうだ。弓月《ゆみづき》の城《しろ》の魔女《まじょ》、ありがとうね。世話《せわ》になったよ」

ばば様《さま》のその一言だけだった。二頭のドラゴンは、あっというまに姿《すがた》をけした。

「さすが雪の角だねぇ」

気がぬけたホーライはクタクタと地面《じめん》にすわりこむ。

「いっちまったぁ。さよならを言う暇《ひま》もなかった」

ショウウンジも、さびしそうにテントをふりかえり、ペタンと地面《じめん》にすわりこむ。

私《わたし》には確《たし》かめたいことがあった。外への扉《とびら》へかけよる。

「ヤマネ姫《ひめ》、どうしたのさ？」

ホーライが不思議《ふしぎ》そうに私《わたし》を見る。

私《わたし》は扉《とびら》をひらいた。目の前にぼんやりした目で空を見あげているいちぼんがいた。やっぱり、さっきの声はいちぼんだ。

「いちぼんじゃないか！」

ホーライがのそのそとやってくる。

「ホーライさん！」

と呼《よ》ぶいちぼんの声が、何と言えばいいのだろう。せっぱつまったというか、せつないというか、やっと恋人《こいびと》にめぐりあえた喜《よろこ》びというか、これは、私《わたし》がよくわからないから、まあ、そんなものかもしれないと思う程度《ていど》なのだけど、とにかく、迷子《まいご》になっていたネコが帰ってきたみたいな喜《よろこ》びというか、そんな声だった。そして、いちばんのめがねの奥《おく》の目がみるみるうるんでいった。

「ネットは、翼《つばさ》をつかってみたくて塀《へい》を飛《と》びこえたわけか。まったく！　他《ほか》の人間になんてつかまったら大騒《おおさわ》ぎだったよ」

感謝《かんしゃ》するホーライを穴《あな》があくほど見つめながら、いちばんはゆっくりとうなずいた。

「前の路地《ろじ》を、おかしな動物《どうぶつ》がよろよろ飛《と》んでるから、つかまえた」

「よく、つかまえてくれたねぇ」

ホーライが体中からため息《いき》をつく。私《わたし》も、いちばんがつかまえてくれなかったら、どうなっていたことかとブルッと体がふるえた。

「『さがしてる。叱《しか》られちゃうな』ってしゃべるし。ホーライさんの世界《せかい》から来たってわかった。そしたら大きなドラゴンが見えたから、飛《と》べるよねって

いったら、塀《へい》を越《こ》えて飛《と》んでいった。あの子もドラゴンだった？」

ドラゴンだったよなと確《たし》かめるように、いちぼんは、涙《なみだ》をためた目をやっとホーライからはなして私《わたし》を見た。ホーライを見つめていないと消《き》えてしまうと不安《ふあん》なのかもしれない。

「うん。ドラゴンだった」

私《わたし》はいちぼんにうなずいてやった。それから、

「でもドラゴンの赤ちゃんって、脱皮《だっぴ》して足や翼《つばさ》がはえるの？」

とホーライを見た。私《わたし》は最初《さいしょ》はヘビだったと思う。でも、ていねいにネットちゃんを見ないできてしまった。めだたなくとも足や翼《つばさ》もあったのかもしれなかった。顔だって、長くなったってショウウンジが言ってたのに、スプーン電話にうつったせいだと気にもしなかった。

「さあ、私《わたし》もドラゴンをまぢかで見たのは初《はじ》めてだったしね。てっきりヘビの赤《あか》ん坊《ぼう》だと思ってたさ。まさかヘビみたいに、ドラゴンが脱皮《だっぴ》したり冬眠《とうみん》したりするなんて知らなかったし」

ホーライは、やれやれと大きなため息《いき》をつく。

「あの子の声だったんだ」

いちぼんもうなずく。いちぼんの家までネットちゃんの泣《な》き声《ごえ》は聞こえていたらしい。そこまで考えて、私《わたし》はどうしていちぼんがここにいる？と気になった。

「今日は習《なら》い事《ごと》の日じゃないわけ？　いつから気づいてたの？」

「いつかの水曜日。雨がふった日。塾《じゅく》が休みで、傘《かさ》が歩いてるのかと思ったらヤマネ姫《ひめ》だった。あの程度《ていど》の雨であんなに深《ふか》く傘《かさ》かぶる方が不自然《ふしぜん》だろ。あれから亀田《かめだ》さんのとこ、なんとなく騒《さわ》がしかったし。赤ん坊《あかんぼう》の泣《な》き声《ごえ》も聞こえたし。それからも水曜日は塾《じゅく》に遅刻《ちこく》したけど見張《みは》ってた。そしたらヤマネ姫《ひめ》が通ってきてた。公園で会った時も、ほんとは後をつけたんだ。それで今日こそ、塾《じゅく》休んでヤマネ姫《ひめ》が来たら亀田《かめだ》さんにも会おうって決《き》めてた」

いちぼんは、涙《なみだ》をこらえながら、一気にそう言った。いちぼんは、あの日のことを、ホーライの不思議《ふしぎ》を覚《おぼ》えているのだ。それを確《たし》かめようと私《わたし》や亀田《かめだ》さんに会おうとしていた。ホーライがいる！　ってことを確《たし》かめるためにだ。あんなに見つからないように苦労《くろう》したのに——。私《わたし》の肩《かた》ががっくりと落《お》ちた。

「はやく、来たらよかっただろう！」

ホーライも、ため息《いき》だ。

「ずっと、頭の中で、何かがムズムズしてた。面白《おもしろ》かったろう！　不思議《ふしぎ》だったろう！　なんで思い出せないんだっていらいらした」

いちぼんの涙《なみだ》があふれた。

泣《な》くほどのことと！　とあきれもしたけど、いちぼんの気持《きも》ちもわかる。ホーライといっしょの時間は強烈《きょうれつ》だ。私《わたし》は最初《さいしょ》から、その記憶《きおく》を消《け》しさろうとなどしなかった。ホーライはいる！　ホーライの世界《せかい》はある！　と信《しん》じていた。でも、いちぼんがホーライの不思議《ふしぎ》を見たのはほんの一日だ。私《わたし》みたいにホーライの世界《せかい》へ行ったことがあるわけでもない。それに魔法《まほう》がかかったはずだ。それでも、いちぼんは、ホーライはいる！　と信《しん》じたかった。そして、確《たし》かめようとしたのだ。

「ホーライの魔法《まほう》が、きちんとかかってなかったってこと？」

私《わたし》は、ほらまたぁ、とホーライをひじでつついた。

「かけたよ！　きちんとかかったんだって」

ホーライが口をとがらせる。

「かかったんだと思う。最初《さいしょ》はなんだかモヤモヤしてた。でも、オレ、忘《わす》れられなかった。まさかそんなことがあるはずないって気持《きも》ちと、本当にあったんだって気持《きも》ちとを行ったり来たりしてた。そして本当のことだったと思った。でも、知らんぷりしてなきゃいけないんだって我慢《がまん》した。それでも、何か役《やく》にたてるかもしれないとも思ったし」

いちぼんは涙《なみだ》をぬぐった。

「おかげで助《たす》かったともさ」

ホーライがいちぼんを抱《だ》きしめた。いちぼんの涙《なみだ》は止まらない。

「泣《な》き虫《むし》だったんだ。でも、あんた、いい奴《やつ》だね」

いちぼんは、ホーライや亀田《かめだ》さんを守《まも》ろうとしてくれていたとわかった。

「いい奴《やつ》だってわかってたんだろ。ほんとにホーライさんはいいたんだ。オレ、あきらめなくてよかったぁ。あの日のこと本当だったよなって聞きたかったけど、ヤマネ姫《ひめ》はつんつんしてるし。オレのこと見るとすっごい怖《こわ》い顔になるし」

いちぼんは、まだ涙《なみだ》ながらに言いたてる。

「えー。怖《こわ》い顔なんてしてませんー!」

せっかく、いい奴《やつ》だと思ったのに——。私《わたし》の眉《まゆ》はつりあがった。

「とにかく、お入りよ。亀田《かめだ》さんに何かおいしいものつくってもらおう。おなかがへったよ。いちぼんも来たよ。亀田《かめだ》さーん、おなかがへったよ」

ホーライは温室《おんしつ》へはずむようにむかう。

「おいら、ショウウンジ」

「いちぼんだよ。よろしく」

いちぼんは、しゃべるタヌキに頭をさげた。

あの日、雹《ひょう》が降《ふ》ったせいか、ネットちゃんのばば様《さま》は何分もこの世界《せかい》にいなかったせいか、ドラゴンを見たという人は誰《だれ》もいなかった。

そして、ホーライも私《わたし》たちも、ネットちゃんが、

「おいら、ショウウンジ育《そだ》ち」

と、ショウウンジをなつかしがっていることをまだ知らない。

柏葉幸子 （かしわば・さちこ）

1953年岩手県生まれ。東北薬科大学卒業。大学在学中に講談社児童文学新人賞を受賞、審査員であった佐藤さとる氏に認められ、デビュー作『霧のむこうのふしぎな町』で日本児童文学者協会新人賞受賞。ファンタジー作品を多く書き続けている。『ミラクル・ファミリー』で産経児童出版文化賞フジテレビ賞、『牡丹さんの不思議な毎日』で同賞大賞、『つづきの図書館』で小学館児童出版文化賞、『岬のマヨイガ』で野間児童文芸賞受賞。アメリカで翻訳出版された『帰命寺横町の夏』が2022年米図書館協会のバチェルダー賞受賞。他に「モンスターホテル」シリーズ「竜が呼んだ娘」シリーズ、短篇集『18枚のポートレイト』などがある。

長田恵子 （おさだ・けいこ）

1965年福岡県生まれ。東京女子大学文理学部卒業。出版社勤務ののち、独学で銅版画を学び、フリーのイラストレーターになり、書籍の装画や雑誌の挿画などの仕事を主に手がける。絵本『ワハムとメセト ～ふたごの国の物語』、他に『トモダチックリの守り人』『めそめそけいくん、のち、青空』などがある。

ぐうたら魔女ホーライまた来た！

2024年11月初版
2024年11月第1刷発行
作　柏葉幸子
絵　長田恵子
発行者　鈴木博喜
編集　岸井美恵子
発行所　株式会社理論社
〒101-0062　東京都千代田区神田駿河台2-5
電話　営業03-6264-8890　編集03-6264-8891
URL　https://www.rironsha.com
ブックデザイン　C・R・Kdesign
組版　アジュール　　印刷・製本　中央精版印刷

©2024 Sachiko Kashiwaba & Keiko Osada, Printed in Japan

ISBN978-4-652-20662-1　NDC913　A5変型判　21×16cm　158P

落丁・乱丁本は送料小社負担にてお取り替え致します。
本書の無断複製（コピー、スキャン、デジタル化等）は著作権法の例外を除き禁じられています。私的利用を目的とする場合でも、代行業者等の第三者に依頼してスキャンやデジタル化することは認められておりません。

柏葉幸子の本

魔女《まじょ》が相棒《あいぼう》？ **ねぐせのヤマネ姫《ひめ》**

柏葉幸子・作　長田恵子・絵

ある日、違う世界に呼《よ》びだされたサヤ。そこにはおとぎ話のお城《しろ》があり、たよりない魔女《まじょ》から、お姫《ひめ》さまの身代わりになってくれとたのまれる……。

魔女《まじょ》が相棒《あいぼう》？ **オコジョ姫《ひめ》とカエル王子**

柏葉幸子・作　長田恵子・絵

またおとぎの世界に呼《よ》びだされたサヤ。ヤマネ姫《ひめ》として姉君《あねぎみ》と魔女《まじょ》とで招待《しょうたい》されたお城《しろ》へ行ってみると、カエルに姿《すがた》を変えられた王子がいて……。

ぐうたら魔女《まじょ》ホーライ来る！

柏葉幸子・作　長田恵子・絵

今度は、サヤの住む町にやって来た魔女《まじょ》ホーライ。行方不明《ゆくえふめい》のままの、本物のヤマネ姫《ひめ》を見つけないとお城《しろ》に帰れないと泣《な》いている……。

18枚のポートレイト

柏葉幸子小品集

柏葉幸子・作　植田たてり・絵

日々の暮《く》らしの中に、ふと訪《おとず》れる出会い。かっぱ、きつね、鬼《おに》、神さま、魔女《まじょ》……不思議《ふしぎ》なできごとが、当たり前のように描《えが》かれる、現代の遠野物語。